J'ai tant de choses à te dire

Castor Poche
Collection animée par
François Faucher, Martine Lang et Soazig Le Bail

Titre original :

SO MUCH TO TELL YOU

À John Mazur,
le Lindell de ce récit
et à Lisa

Une production de l'Atelier du Père Castor

JOHN MARSDEN

J'ai tant de choses à te dire

traduit de l'anglais (Australie) par
DOMINIQUE PIAT-COUVERT

Castor Poche Flammarion

John Marsden, l'auteur, est né en 1950 à Melbourne, en Australie, et vit maintenant dans un hameau de cinq maisons ! Il aime la campagne et la tranquillité, et il adore observer les oiseaux et les insectes de son grand jardin.

John Marsden a été professeur d'anglais, puis il a décidé d'écrire à plein temps. Mais il aime toujours autant dialoguer avec les adolescents, et c'est pour eux qu'il écrit la plupart de ses livres.

S'occuper de personnes qui vivent des situations extrêmes lui tient à cœur. Il essaie de se mettre à leur place, d'analyser ce qui se passe au plus profond d'eux-mêmes plutôt que de juger sur l'apparence.

« Une fois, j'ai rencontré une adolescente de quatorze ans dans un hôpital psychiatrique. Elle ne parlait plus depuis huit mois. J'ai été bouleversé par sa solitude et sa tristesse. Au moment où j'ai commencé à écrire *J'ai tant de choses à te dire*, j'ai aussi été touché par le courage d'une femme qui avait été frappée et mutilée au visage. Les deux personnages se sont confondus pour devenir Marina. »

J'ai tant de choses à te dire a obtenu de nombreux prix, dont le prix du Livre pour enfants de l'année en Australie.

Dominique Piat-Couvert, la traductrice, a été élevée dans les coulisses d'un théâtre où ses parents étaient comédiens. Maman d'un petit garçon, elle poursuit néanmoins son métier de scripte au cinéma, parallèlement à celui de traductrice.

Brigitte Perdreau, l'illustratrice de la couverture, est née en 1964. Après des études à l'école Duperré (Arts appliqués) elle a suivi des cours aux Arts décoratifs à Paris.

Amoureuse de la nature, elle vit entourée d'animaux dans les Hauts-de-Seine. Elle partage son temps entre la peinture, l'illustration, et l'art lyrique, une autre passion. "La musique et la peinture ne peuvent être dissociées dans ma vie."

J'ai tant de choses à te dire :

Marina arrive dans une pension, elle n'a plus prononcé un mot depuis des mois, depuis qu'un événement brutal a bouleversé sa vie. À l'hôpital, personne ne pouvait plus rien pour elle, sa mère a donc décidé de l'inscrire dans un internat. En compagnie de filles de son âge, elle réapprendra à parler, c'est du moins ce qu'espèrent les médecins.

Mais Marina n'a envie de rien. Le professeur de littérature distribue à toute la classe un cahier, chaque élève en fera son journal. Malgré toutes ses réticences, Marina se prend au jeu. Ainsi, de jour en jour, l'écriture l'aidera à se réconcilier avec le monde...

6 février

Je ne sais pas ce que je fiche ici.

Mais si, je le sais. Je suis ici parce que je ne faisais aucun progrès à l'hôpital. Je suis ici pour réapprendre à parler. Je suis ici parce que ma mère ne supporte plus ma présence muette à la maison. Je suis ici à cause de mon visage, je crois. Enfin, je n'en sais rien.

Je suis arrivée à Warrington – c'est le nom de cette pension – il y a trois jours, mais les cours n'ont commencé qu'aujourd'hui. Le prof d'anglais, M. Lindell, nous a distribué des cahiers et il a dit que nous devions écrire tous les jours quelques lignes à l'heure des devoirs (ici, on appelle ça l'étude). Nous avons étude tous les soirs de la semaine, deux heures.

Durant ces deux heures, nous devons rester clouées à nos pupitres, en silence. Chose qui me conviendrait parfaitement si c'était la réalité, mais naturellement ce n'est pas le cas... Tout le monde chuchote, échange des petits papiers, s'exclame à haute voix à la moindre erreur. Moi, on ne me chuchote rien, on ne me passe pas de petits papiers, et les mots rebondissent au-dessus de mon bureau comme des vagues molles dont l'écume blanche s'étale autour de moi.

En ce moment précis, je suis en train d'écrire à mon bureau. Ma voisine de gauche s'appelle Cathy Preshill. Celle de droite, Sophie Smith. Cathy est très maigre et je me demande si elle n'est pas anorexique, mais c'est peu probable. Moi, en tout cas, je le suis... en paroles.

Ce journal m'effraie déjà. Quand M. Lindell nous a remis ces cahiers, je me suis tout de suite sentie inquiète et je me suis juré de ne rien écrire dans le mien, qu'il resterait un recueil froid et impersonnel, ne renfermant aucun secret. Et voilà que, dès la première page, j'en raconte déjà plus que je ne voulais, plus que je ne devrais. Et s'il les lit? Il a dit qu'il ne le ferait pas, que nous étions libres d'écrire à peu près n'importe quoi, et qu'il se contenterait d'y jeter un œil de temps à autre pour vérifier que nous les utilisions et pas seulement pour les noircir de mots grossiers. S'il ne tient pas sa promesse, je suis perdue.

8 février

Aujourd'hui, c'est vendredi et demain samedi. Samedi et dimanche réunis constituent le week-end.

Hier, je n'ai rien écrit. Je me demande si je risque d'avoir des ennuis?

Hier, on avait entraînement de tennis. On est obligé d'y assister si on est inscrit et, comme c'est mon cas, j'y suis allée. Mais je suis restée à regarder assise sous un arbre, en dehors du court. J'ai observé les joueuses rire, toucher des balles, en rater d'autres. Si elles rataient une balle facile, elles éclataient de rire, se tournaient vers leur partenaire et rougissaient (plus de rire que d'embarras), les genoux légèrement fléchis, les bras ballants le long des cuisses. Et elles échangeaient quelques mots, sans grand intérêt.

Il y a une dénommée, Sarah Venville, qui est très forte. Elle cogne, elle frappe pour gagner. Une autre fille, Sarah Cassell, joue avec élégance. Elle place des balles magnifiques magnifiquement, elle renvoie les balles, elle sourit, elle rit, elle s'exprime, elle fait rebondir la balle, elle court, elle change de camp... et tout ça, magnifiquement. Comment fait-elle ?

En primaire, je faisais beaucoup de sport, je crois que j'étais plutôt douée, même si le niveau n'était pas très élevé. En tout cas, je battais les garçons dans presque toutes les disciplines. Je n'étais pas mauvaise en course de haies, mais c'est une autre histoire. Enfin, pas vraiment. C'est bien tout la même histoire. Je me souviens d'une prof, Mme Buckley, elle m'avait dit, à moi qui croyais déjà le faire sérieusement, que je pourrais peut-être remporter le titre régional si je m'entraînais sérieusement. J'étais en sixième. Et je me souviens, mon père venait me voir courir le dimanche. À l'époque, je battais les autres filles haut la main, mais il gardait toujours un visage si sévère, si tendu que je n'étais jamais sûre d'avoir fait ce qu'il fallait. Un jour, j'ai heurté

une haie qui n'avait pas été baissée après la course des garçons et je me suis cassé une cheville. Ensuite, tout fut différent, après ma guérison... Je crois que je n'avais plus confiance, j'avais trop grossi et puis mon père ne venait plus me voir... Je ne sais pas. On aurait dit que tout avait changé.

11 février

Aujourd'hui, nous avons eu cours à nouveau.

Le week-end est fini.

J'ai bien peur d'en avoir trop écrit, vendredi. Tous ces trucs sur les courses de haies et l'école primaire. Et mon père. Il a déjà trouvé une place dans ce journal, alors que j'étais déterminée à ne plus jamais penser à lui, et moins encore à écrire sur lui. À croire qu'il a conservé tout son impact, comme un nuage radioactif, il couvre tout de son ombre grise. Je me demande comment c'est, là où il est? Sans doute un peu comme ici, j'imagine... On doit rester en rang, recevoir sans arrêt des ordres, ne plus avoir d'intimité, de liberté, ne plus voir la moindre lueur éclairer l'avenir, vous montrant où aboutissent les virages, où se trouvent les sorties...

Peut-être ne parle-t-il pas non plus ? Je veux dire, je me doute bien qu'il s'adresse aux gens et que les gens lui répondent, mais ce ne sont peut-être que des paroles vides, mécaniques.

Enfin...

Me voilà de nouveau en étude. Les autres ont l'air de travailler comme des bêtes. Cathy, la maigre, est plongée sur son bureau, le visage sérieux, concentré sur ses devoirs, elle ne lève jamais les yeux. Sophie, c'est tout le contraire. Elle est très drôle, très vivante, elle ne tient pas en place, il lui arrive sans arrêt des bricoles car chaque fois que la surveillante vient de notre côté, elle est en train de bavarder, ou elle a quitté sa chaise, ou pire. Elle est jolie, costaud mais sans être grosse, un peu comme un garçon. Elle a un visage rond, des cheveux courts et des joues rouges et puis une voix rauque qui lui donne un air plus âgé quand elle parle... comme si elle avait vingt-cinq ans et qu'elle était sophistiquée et sexy.

Je me demande quel son aurait ma voix si je me remettais à parler aujourd'hui... Un bruit de bouteille plastique grésillant sur le feu, sans doute...

12 février

Voici la lettre que j'ai reçue aujourd'hui :

Ma chérie,

Juste quelques lignes, car je suis très pressée. J'espère que tu es heureuse dans ta nouvelle école. J. J. va bien et il t'embrasse. Nous sommes tous deux très excités à l'approche du voyage. Qu'est-ce qui te ferait plaisir comme cadeau ? As-tu tout ce qu'il te faut pour l'école ? J'ai retrouvé ta flûte dans la cuisine, en rentrant à la maison, je vais te l'envoyer. N'abandonne pas la musique, ma chérie. Tu étais si douée. Je t'embrasse.

Maman

Suis-je heureuse dans ma nouvelle école ? Non mais, par certains côtés, c'est sans doute mieux que l'hôpital. Il y a moins de dingues, la nourriture est meilleure, et puis finie la thérapie de groupe. À l'hôpital, je me sentais à découvert, sous les feux de la rampe ; ici, je suis comme un escargot noir, je me déplace, ma maison sur le dos, je vis dessous, je m'y cache.

Il n'y a qu'une seule question à laquelle

ma mère souhaiterait véritablement une réponse, et cette question elle n'ose pas la poser elle-même : « As-tu recommencé à parler ? Ou est-ce que tu joues toujours la folle muette ? » De toute façon, elle sait certainement à quoi s'en tenir. Je parie qu'elle a déjà téléphoné à la directrice pour savoir si je jacasse comme une pie apprivoisée.

Il y a presque un an que je n'ai pas touché ma flûte, depuis que tout a commencé, mais elle ne l'a sans doute pas remarqué. La musique, est-ce une façon de parler ? Je me le demande...

13 février

Aujourd'hui, M. Lindell, le prof d'anglais, a relevé nos cahiers. Il ne les a pas lus, il nous a simplement demandé de les lui présenter afin de vérifier que nous nous en servions. Moi, j'écris dans le mien. Je suis une petite fille bien sage. Une lécheuse, nananère !

Je vais décrire mon bureau. Il est tout simple, en bois brun, avec trois rayonnages sur le devant pour les livres. Une étagère est encombrée de livres de cours, l'autre de papiers et de crayons, et la troisième, celle du bas, est vide.

Les autres bureaux sont très décorés, très colorés. Cathy a une collection de livres impressionnante (des livres à elle, qu'elle lit pour son plaisir), un cactus qu'elle appelle Albérich, un petit wombat* en peluche et un poème qu'elle a écrit, je crois, qui tient avec une punaise. Et une quantité d'autres trucs. J'aime beaucoup le poème. Sophie a surtout des affiches de chanteurs rock, et des gommes, des taille-crayons, des autocollants, tous de formes, de grosseurs et de couleurs différentes.

Dans le dortoir, à côté de mon lit, il y a un placard où je range shampooing, crème de rinçage, déodorant, et mouchoirs en papier. Moi, j'utilise les couvertures grises de l'école, mais presque tous les lits sont recouverts de couettes avec des housses de couleur vive que les filles ont rapportées de chez elles. Ma préférée, c'est celle d'Ann Maltin, dont le lit est face au mien. On dirait un puzzle d'étoiles : blanc sur un fond noir. D'ailleurs, c'est bien un puzzle, aucune des étoiles n'est complète.

* Wombat : petit mammifère australien à pattes courtes et fouisseuses.

Je suis toujours couchée la première et, souvent, je reste immobile les yeux fixés sur les fragments d'étoiles, à essayer de réunir les morceaux. Je suppose qu'Ann a déjà surpris mon manège, car hier soir, depuis son lit, elle m'a dit : « Ils s'emboîtent vraiment mais j'ai mis des années à trouver comment. »

J'ai été très gênée de me voir ainsi découverte. J'ai détourné la tête et je l'ai enfouie dans mon oreiller. Je sais qu'elle voulait se montrer aimable. D'après ce que j'ai pu observer jusqu'à présent, elle a vraiment l'air de quelqu'un de gentil, de doux, mais je ne veux pas qu'on fasse attention à moi. Personne. Pour rien.

14 février

Aujourd'hui, c'est la Saint-Valentin. La plupart des filles sont excitées comme des puces. Sophie a reçu une carte et elle a fait le tour du dortoir en dansant à l'heure du déjeuner, en gloussant, en la montrant à tout le monde, elle a sauté sur tous les lits, même sur le mien. Je l'ai détestée. Elle dépasse vraiment les bornes certains jours, elle est vraiment excessive. Ann a reçu deux cartes, ce qui ne m'étonne pas : elle a de beaux cheveux blonds, comme deux longs rubans de sable blanc au bord d'une plage, et puis elle est si jolie, si douce. Cathy en a reçu deux aussi, je crois, mais elle n'a rien dit à personne. Quant à moi, mais voyons ! j'en ai reçu des sacs entiers, naturellement, des milliers de cartes de mystérieux amoureux, d'admirateurs de tout le continent... « Celle à qui personne ne résiste », c'est moi.

15 février

La sélection pour les équipes de tennis a eu lieu hier. J'y suis allée – c'était obligatoire, je l'ai déjà dit – mais, comme l'autre fois, je me suis contentée de regarder depuis l'extérieur des grilles. Sarah Venville a gagné tous les matchs haut la main. Elle n'est qu'en quatrième, mais je pense qu'elle battrait facilement la plupart des filles de première. Sophie est lamentable – elle loupe toutes les balles –, mais elle refuse de jouer sérieusement.

Dans le fond, ça ne m'ennuie pas d'y aller.

Aujourd'hui, la directrice d'internat, Mme Graham, m'a prise à part. Elle m'a dit : « Nous estimons que nous t'avons laissé assez de temps pour t'adapter. Désormais, je souhaite que tu participes davantage. Je ne veux plus que tu te tiennes à l'écart. Je sais que tu as vécu des moments difficiles au cours des douze derniers mois et je t'ai organisé un entretien avec Mme Ransome, la conseillère scolaire, deux fois par semaine. Nous avons un très gentil groupe de filles en troisième et je suis certaine que, si tu fais un effort, tu t'entendras très facilement avec elles. »

Voilà ce qu'elle m'a dit... à peu de choses près.

Je ne trouve pas qu'on m'ait laissé tellement de temps pour m'adapter. Je viens à peine d'arriver. Dois-je leur être reconnaissante de m'avoir acceptée, moi, la dingue, la schizo à la gueule cassée? Elles ont déjà accueilli une élève des Philippines : une petite fille malade des poumons ou un truc de ce genre. Alors, me considèrent-elle comme une « bonne action » locale ou même nationale. Mme Graham promène partout son air de perfection, avec ses cheveux crêpés comme une corbeille de fleurs séchées, mais je ne la crois pas très patiente. Et puis que les filles de troisième soient tellement gentilles, je ne m'en suis pas encore aperçue. Je reconnais que certaines ont fait des tentatives, les premiers jours, auxquelles j'ai répondu aussitôt par ma fameuse imitation du cafard, qui les a déroutées sans trop de difficultés. Je vois bien, malgré tout, qu'il y en a de sympathiques, même parmi les filles qui sont dans mon dortoir.

Je me demande s'il y en a qui prient? Dans mon dortoir, je veux dire...

17 février

Sophie s'est fâchée contre moi aujourd'hui. Elle m'a secouée par les épaules en vociférant, parce que je n'avais pas rempli correctement ma corvée de dortoir (nous en avons toutes une : moi, je devais balayer les escaliers) et, à cause de ça, nous avons été mal notées à l'inspection et, du coup, elle n'a eu l'autorisation de sortir qu'après le déjeuner. Alors, elle était furieuse.

J'ai quitté le dortoir. En partant, j'ai entendu Cathy lui dire : « Tu sais que nous sommes censées ne pas nous énerver contre elle. » Sophie lui a répondu je ne sais quoi, à propos des légumes.

Je me suis réfugiée à la chapelle, où nous avions suivi la messe deux heures plus tôt, à peine. J'avais trouvé le service assez rasoir, et pourtant c'est là que j'ai eu envie d'aller. Et je suis restée un long moment. Tout respirait le calme, le passé. J'étais assise contre la pierre, là où c'est frais et paisible.

Je ne sais pas à quoi je pensais. Ou plutôt si, je le sais parfaitement, mais ce n'est pas facile d'écrire noir sur blanc des trucs aussi idiots.

Je sentais l'eau couler à l'intérieur de la pierre. Je l'entendais, même. Il y a des siècles — je me souviens l'avoir lu quelque part — les églises étaient des lieux sûrs, où on pouvait se cacher et, même si les soldats savaient que vous y étiez, ils vous laissaient en paix. Enfin, un truc dans ce genre. Aujourd'hui, tout a changé, et il n'existe d'endroit sûr nulle part. Sauf, peut-être la prison. Et encore, n'est-ce pas l'endroit le plus dangereux de tous. Là, dans cette chapelle, je me suis remémoré les fois où, quand j'étais petite, nous étions entrés dans une église. Rarement — à Noël surtout —, et même alors mon père ne nous accompagnait pas souvent. Je me rappelle une fois, une vieille dame m'a emmenée ; après le service, elle m'a montré les vitraux, décrit chacun dans le détail. J'y pense parfois et je me demande si c'était mon autre grand-mère, mais j'en doute car ma mère m'a toujours dit que j'étais trop jeune pour me rappeler mes autres grands-parents.

Pourtant, je me souviens de cette vieille dame. Elle avait un air doux.

Dans cette chapelle, il y a six grands vitraux et quatre petits. Mon préféré, c'est celui où le Christ est avec cette jeune fille, soi-disant morte et qu'il ramène à la vie. J'aimerais tant que quelqu'un fasse ça pour moi. Sous ce vitrail, il y a une petite plaque : « À la mémoire sacrée de Sally Aydon, morte des suites d'une chute de cheval, le 14 janvier 1937, à l'âge de quatorze ans. Puisse Notre Seigneur la recevoir en son affection. »

C'est la véritable raison pour laquelle j'aime ce vitrail. Et non par sentiment religieux, je n'en ai pas. Mais à cause de cette jeune fille pour qui j'ai tant de peine. Assise dans l'atmosphère calme et recueillie de la chapelle, j'ai longuement pensé à elle. Que sont devenus ses parents, les années passant? Ont-ils conservé son souvenir? Ont-ils longtemps porté le deuil? Sont-ils restés tristes à jamais? Ou ont-ils fini par oublier? Je me suis demandé aussi ce qu'ils ont fait du cheval. L'ont-ils gardé?

Bref, après un moment (quelques heures sans doute), j'ai quitté la chapelle pour me replonger dans le bruit et l'agitation domestique. En arrivant au dortoir, je n'y ai trouvé qu'une fille, Kate Mandeville, qui s'est lancée dans un grand discours : « Où étais-tu donc? Tout le monde te cherche! Tu as manqué le déjeuner, tu sais. Nous avons pu couvrir ton absence, mais il aurait bien fallu qu'on prévienne Mme Graham si tu n'étais pas revenue dans une demi-heure. Nous avons pensé que tu étais bouleversée parce que Sophie s'était fâchée contre toi. Et nous ne voulions pas qu'elle ait des ennuis... ou toi. Bon, je vais prévenir les autres que tu es revenue... »

Et voilà, c'est le soir, je suis clouée à mon bureau depuis un bout de temps et j'écris. Les autres m'ignorent un peu — comme d'habitude, en fait — sauf que maintenant, je les sens un peu hostiles (à moins que ce ne soit le fruit de mon imagination). Ce soir, nous n'avons pas étude, puisque demain c'est dimanche, mais certaines filles planchent penchées sur leur bureau pour rattraper le travail en retard. Je vais me coucher.

18 février

En parcourant ce que j'ai écrit dans ce cahier, je perçois une impression de confiance teintée d'indifférence. Or c'est loin d'être le cas. Qui en lisant ces lignes pourrait s'imaginer que je passe mon temps à raser les murs, à me cacher dans les coins, à éviter les contacts, moi la muette de la classe de troisième, la zinzin de Warrington ? Ce n'est pas un beau spectacle. Donc les mots mentent, dans un sens, comme d'habitude.

19 février

Je mets les gens mal à l'aise. Ceux qui sont gentils s'énervent parce que leur gentillesse ne passe pas. Ceux qui sont méchants s'énervent parce qu'ils croient que je les agresse.

20 février

Aujourd'hui, j'ai eu mon premier entretien avec la conseillère scolaire. Il a duré quarante minutes. Elle a dit que l'important n'était pas de parler ; que je pouvais rester simplement assise, là, à occuper le temps comme je voulais. Elle a dit que ces entretiens devaient être une sorte de répit loin de la pression de l'école, si c'était ce dont j'avais le plus besoin. Je ne sais pas ce dont j'ai besoin. J'espérais, après de tels propos, que l'atmosphère serait paisible, comme à la chapelle. Ce ne fut pas le cas. Je n'ai pas cessé de m'interroger sur ce que le docteur Harvey, de l'hôpital, lui avait raconté sur moi.

Ce soir, Sophie a joué avec moi comme avec une poupée de ventriloque. J'étais assise à mon bureau, attendant le début de l'étude, elle est arrivée par derrière, elle a glissé les mains sous mes bras et elle a commencé à me faire gesticuler comme si j'étais une marionnette, tout en parlant avec une drôle de voix. Presque toutes les filles se sont mises à rire, certaines plus que d'autres. À la fin, une fille, Lisa Morris, lui a dit d'arrêter. Je n'ai pas encore parlé de Lisa, et pourtant, par bien des aspects, c'est une des filles les plus intéressantes du dortoir, avec Cathy. Elle est grande, blonde de type très nordique, très belle, avec une fine cicatrice sur une joue (un accident de ski, l'ai-je entendue raconter). Je remarque toujours cette cicatrice quand je la regarde. Je ne pense pas qu'elle soit très heureuse, mais les autres ne s'en rendent probablement pas compte parce qu'elle le cache derrière une personnalité très forte.

Après l'étude, j'ai vu un papier traîner sur le plancher sous le bureau d'Ann. Quelqu'un lui avait écrit : « Ce que Sophie a fait était vraiment odieux. » Ann avait ajouté : « Je suis d'accord » en lettres majuscules. Ce n'était pas tout, il y avait d'autres commentaires, mais je me suis éloignée parce que je ne voulais pas être surprise en train de lire ce papier. Elles passent leur temps à s'écrire des petits mots pendant l'étude.

Sophie est peut-être encore fâchée contre moi à cause de dimanche dernier.

J'étais dans mon tort ce jour-là puisque je n'avais pas fait correctement mon boulot, mais, dans la mesure où j'ai « disparu » aussi longtemps à la suite de ses hurlements, elle s'est mise dans son tort aux yeux des autres. C'est assez injuste, mais il semble bien que les choses aient évolué ainsi. Je crois aussi, d'après ce que j'ai entendu, qu'elle est tout de même sortie comme elle l'avait prévu, après le déjeuner, laissant les autres partir à ma recherche dans toute l'école. C'est étrange tout de même, Sophie est aussi bruyante que je suis silencieuse et, malgré ça, je peux réussir à marquer des points sur elle, presque sans rien faire, et même si je n'ai pas raison.

Je suis assise dans mon lit, j'écris en attendant « l'extinction des feux ». Il y a quelques minutes, Ann s'est approchée de mon lit et elle m'a dit : « Ben dis donc, tu le prends vraiment au sérieux ce journal ! Qu'est-ce que tu peux bien lui raconter ? » J'ai piqué un fard, je me suis arrêtée d'écrire et j'ai fait le dos rond jusqu'à ce qu'elle retourne vers son lit. Je ne tiens pas particulièrement à me montrer froide ou désagréable... Mais, simplement, je ne sais pas quoi répondre et puis, de toute façon, je ne peux pas parler : ma gorge se noue, ma langue enfle. Je ne veux pas qu'on s'intéresse à ce que j'écris. J'ai une peur bleue que quelqu'un cherche à lire ce cahier. Après tout, il y a d'autres filles qui prennent leur cahier encore plus au sérieux... Ann, aussi, passe son temps à écrire, et Cathy, donc. Ou cette fille, Tracey, qui en a fait une véritable œuvre d'art, avec de superbes dessins, des décorations et une calligraphie magnifique. Celui de Sophie, aussi, est bien. Elle y colle plein de photos marrantes et un tas de trucs, des billets de cinéma, des emballages de « M & M », ou encore des objets bizarres, comme ce caillou, qu'elle a soi-disant jeté contre la voiture de Mme Graham l'autre jour, et un tube de dentifrice vide. Si on compare, le mien est d'un ennui absolu. Non, *c'est vrai*, sinistre.

21 février

Ce soir, comme devoir d'anglais, on devait faire un poème commençant par :

Dans le silence de la nuit
Je...

J'ai écrit :

Dans le silence de la nuit
Je me suis assoupie.

Les poèmes sont dangereux.

Cathy a écrit :

Dans le silence de la nuit
J'ai traversé un champs
Qui fleurait bon la neige
Et les gouttes de pluie...

Il était plus long, mais c'est tout ce que j'ai vu. J'aime bien ses poèmes. Je n'aime pas le mien. Pas plus que l'idée de le rendre demain. Je n'aurai pas d'ennui, puisque tout le monde, ici, me traite comme un être « à part », que personne ne sait si je dois ou non travailler et que les profs craignent tous de s'énerver contre moi. Mais, malgré tout, il me semble assez mal élevé d'écrire un « anti-poème », d'autant que j'aime vraiment l'anglais et le prof d'anglais. Rendre un texte comme le mien peut suggérer exactement l'inverse.

En cinquième, je me souviens d'avoir eu une prof, Mme Buchanan. Une amie de ma mère. Un jour, où elle nous avait filé ce qu'elle appelait « Écriture libre », j'avais écrit tout un truc racontant la dispute que mon père et ma mère avaient eue la nuit précédente à la maison. J'en avais sans doute été très bouleversée, car je me souviens d'avoir pleuré en écrivant, assise au fond de la classe. Toujours est-il que j'ai dû écrire quelque chose de grossier (je crois que j'avais traité ma mère de sale prétentieuse) parce que Mme Buchanan était folle furieuse contre moi et, quand ma mère est venue me chercher cet après-midi-là, elle lui a donné mon texte à lire. C'était franchement vache. Ma mère est devenue de marbre. Et plus d'une semaine s'est écoulée avant qu'elle m'adresse de nouveau la parole. Dans un sens, c'était assez agréable, mais j'étais tout de même contente qu'elle arrête. Je crois cependant qu'elle ne l'a jamais répété à mon père... Je pourrais au moins lui en être reconnaissante, je suppose.

22 février

Reçu une lettre aujourd'hui :

Ma chérie,

J'ai téléphoné à Mme Graham hier soir. Elle m'a dit que tu t'étais bien adaptée, mais que tu ne faisais pas assez d'efforts pour te mêler à la vie du collège. Ma chérie, je pense sincère-

ment que c'est très dommage. Être à Warrington est une telle chance et une école comme celle-ci t'offre tant de possibilités. J'espère vraiment que tu vas te secouer. Mme Graham dit aussi que les filles de troisième forment un groupe particulièrement sympathique, cette année, et tu ne dois pas te couper d'elles.

J'espère qu'elle nous fera un compte rendu plus positif la prochaine fois que nous appellerons.

Nous partons lundi pour New York, je dois terminer cette lettre en vitesse et ensuite finir nos bagages. Nous serons de retour fin mars, mais tu sais où joindre Grand-Maman si tu as besoin de quoi que ce soit. Nous t'enverrons plein de cartes postales et nous te rapporterons un tas de jolis cadeaux.

Je t'embrasse très fort.

Maman

P.S. : N'oublie pas l'anniversaire de Grand-Maman le 3 mars. Une petite carte lui fera plaisir.

Une carte ! Tu parles ! La dernière fois où je lui ai envoyé une carte, je devais avoir six ou sept ans, et je l'avais fabriquée moi-même. Comme je ne savais pas quoi lui écrire, j'étais allée chez le marchand de journaux et j'avais appris par cœur le texte d'une carte. Je ne me souviens pas exactement, mais je crois que la carte représentait une poule et un œuf avec un commentaire du style : « C'est ton anniversaire, le moment idéal pour faire la poule. »

Cette phrase n'avait guère de sens à mes yeux, mais je pensais que les adultes comprendraient. Ce fut le cas. Ce fut aussi la dernière fois que j'ai fabriqué une carte d'anniversaire.

24 février

Encore un dimanche. Le dimanche après-midi, on a l'impression que le dortoir se délite, qu'il éclate et que les éclats errent sans but dans différentes directions, laissant des traces imprécises et brouillonnes. Puis, à l'heure du coucher du soleil, les éclats se réunissent telle une coalescence.

J'aime ce mot « coalescence* ». Quoi-

* Coalescence : terme de chimie désignant la réunion de particules liquides en suspension en particules plus grosses.

que, si j'y réfléchis un moment, je finisse par le trouver étrange et laid.

Je suis ici depuis moins de trois semaines qui me paraissent trois mois. J'ai relu attentivement ce cahier, les instants de ma vie ici, le chagrin qui rôde, le train-train de l'école, la personnalité des gens qui me sont déjà si familiers, alors qu'au début je les voyais plutôt dans un jeu de gendarmes et de voleurs. L'hôpital aussi, les premiers jours...

Dans mon dortoir, il y a huit filles : Cathy, la longue et mince poétesse. Sophie, le joli garçon manqué, si bavarde, si pleine d'énergie et qui me trouve trop exaspérante. Ann la douce, à la housse de couette étoilée. La forte, la silencieuse Lisa, mon défenseur d'un jour mais tellement secrète, drapée dans sa froideur scandinave. Elles ont déjà toutes trouvé leur place dans ce cahier, et pourtant ce n'était pas mon intention. Je crois que j'ai parlé aussi de Kate, si bruyante et assez ordinaire. Les deux seules choses qui l'intéressent dans la vie, ce sont les garçons et le sexe, ou le sexe et les garçons. Ça dépend. Elle enfourche l'un ou l'autre de ces sujets ou les deux, chaque soir après l'extinction des feux. Elle me rappelle Edwina, à l'hôpital, qui se vantait haut et fort d'avoir déjà subi deux avortements. Et puis, il y a Tracey, toujours calme et affable, qui fait partie des meubles. Elle est un peu lèche-bottes. C'est une sacrée bûcheuse, mais je ne la crois pas très fute-fute. Elle est assez forte, un peu pataude, pas vraiment sexy, mais elle a l'air gentil. Il y a aussi Emma la rouquine avec son appareil dentaire, qui vient de Hong-Kong. Je ne la connais pas encore très bien, malgré le baratin dont elle nous soûle régulièrement sur le nombre de domestiques que ses parents ont à Hong-Kong.

Et il y a moi.

J'aime bien écrire le dimanche, parce qu'on n'est ni bousculé ni sous pression. Dans quelques minutes, ce sera l'heure du déjeuner, je suis assise sur les marches de la salle d'étude qui descendent au petit jardin. Ce matin, Cathy et Emma, devenues amies depuis ces derniers jours, m'ont demandé si je voulais venir me promener avec elles le long de la plage. Naturellement, je n'y suis pas allée. Mais, c'était gentil de me le proposer. J'irais bien toute seule, mais je n'arrive pas à me résoudre à déposer une demande d'autorisation. (Silence, ma forteresse toujours, parfois ma prison.)

Mme Graham m'a dit que Grand-Maman avait téléphoné pour dire qu'elle m'embrassait et qu'elle viendrait peut-être me chercher le week-end prochain.

Quatre heures de l'après-midi

Après déjeuner, j'ai regardé les voitures arriver à la pension, les parents qui venaient chercher leurs filles pour la journée. Toutes les familles qui débarquaient. Je m'étais cachée derrière un arbre du jardin pour observer. C'était étrange toutes ces allées et venues, tellement de rires. Je sais que c'est une tournure un peu lourde, mais elle me semble mieux décrire ce que j'ai vu et entendu que « tous ces rires » ou « tant de gaieté ». Les voix sifflaient un peu... comment dire... comme l'acier ? Mais quelques-unes seulement, car les autres exprimaient tant de chaleur, de naturel, tant d'amour et de joie tout simplement. Un bien curieux spectacle ! Je me suis demandé ce dont toutes ces filles, toutes ces sœurs avaient pu parler un après-midi entier avec leur famille ? Était-ce difficile pour elles de trouver des sujets de conversation? Partageaient-elles ces silences embarrassés pendant lesquels les gens cherchent quoi se dire? J'aurais voulu les avertir, assise au sommet d'un phare au beau milieu de la pelouse, j'aurais voulu lancer mes avertissements désespérés : « Ne les croyez pas! Soyez vigilantes! Ils vous détestent! Ils détestent tout le monde! Ils se détestent l'un l'autre! » Consciente en fait que pour un petit nombre d'entre elles, ce n'était pas forcément vrai. Celles-là vivent dans un mystérieux monde d'amour que j'envie mais que je ne peux pas comprendre — et dans lequel je ne pénétrerai jamais.

J'ai toujours eu du mal à parler avec mes parents, je n'étais jamais naturelle. J'étais toujours nerveuse, j'avais peur des temps morts, des silences. Je cherchais toujours quelque chose à dire avant d'entrer dans une pièce, si je savais qu'ils y étaient. Cette pratique avait fait de moi une véritable star en classe « d'expression orale ». Chaque heure de ma vie était une séance d'expression orale.

J'ai essayé d'imaginer comment ce serait de vivre dans la famille d'une de ces filles. C'était un rêve de jalousie, mais un rêve agréable, dont les personnages et les accessoires étaient interprétés par la troupe de gens insolites qui allait et venait le long de la grande allée de gravier.

Alors un événement terrible s'est produit, enfin il m'a paru terrible à moi. J'ai entendu un bruit au-dessus de moi, un froissement de feuilles et de branches. J'ai levé les yeux et j'ai vu Lisa Morris (la froide et belle Lisa) assise un peu plus haut, cachée dans l'arbre. Elle devait m'observer depuis le début et moi, durant tout ce temps, je m'étais sentie décontractée, à mon aise, sans m'inquiéter de contrôler mon visage, et elle avait certainement vu toutes mes expressions. J'en tremble encore. Je lui ai tant révélé de moi-même ! Nos yeux se sont croisés un bref instant, j'étais tellement sous le choc, je ne pouvais pas bouger lui offrant ainsi l'occasion de saisir sur mon visage la surprise et l'horreur. Mais je ne peux pas interpréter la manière dont elle m'a regardée. Ensuite, je me suis enfuie.

J'en raconte beaucoup trop dans ce cahier. Mais on dirait que je ne peux pas m'en empêcher. Je me suis entraînée à vivre sans ma voix et je me retrouve pratiquement obligée à m'en servir de nouveau. Et si quelqu'un lisait ces lignes ? M. Lindell affirme qu'il veut juste s'assurer que ces cahiers ne sont pas un tissu de mots grossiers et de dessins obscènes. Réponse des autres : « Vous avez enseigné trop longtemps dans une école de garçons, monsieur. Nous, on n'est pas comme ça. » Il ne manquerait plus qu'il entende Kate, au dortoir, après l'extinction des feux !...

25 février

Nouvelle séance avec la conseillère scolaire, Mme Ransome. Je ne sais plus à combien nous en sommes maintenant. C'était prévu le mercredi et le vendredi, mais elle change tout le temps les horaires. Le fait est qu'il s'agit plus souvent de trois séances par semaine que de deux. Est-ce que ça signifie que mon cas est plus désespéré qu'ils ne le croyaient ? Je suis persuadée que Mme Ransome est très gentille, mais je ne fais rien de plus avec elle que rester assise. Généralement, elle lit ou elle consulte des dossiers, parfois elle parle un peu. Aujourd'hui, elle m'a parlé de son fils. Il s'est fait renvoyer de son école parce qu'il fumait du haschisch, maintenant il va dans un collège. Apparemment, il lui cause beaucoup de soucis. C'est mauvais signe que l'enfant d'une conseillère scolaire ait des ennuis. Si ces enfants-là ont des problèmes, n'importe qui peut en avoir. À l'hôpital, Erle était le fils d'un psychiatre. Il paraît, du moins c'est ce qu'on disait. Je ne lui ai jamais posé la question.

Mon Dieu, je me rends compte seulement maintenant à quel point ma dernière phrase est idiote ! Comme si on posait une question pareille !

Ce soir, en étude, ce fut la folie complète. Pour commencer, Kate s'est retrouvée enfermée dans une armoire près d'une demi-heure ; les autres l'ont libérée à peine une minute avant l'arrivée de Mme Graham. À l'intérieur de l'armoire, il y avait une Bible dont Kate nous a donné lecture en hurlant à travers la porte durant toute la demi-heure. Je ne sais jamais quelle attitude prendre quand ce genre de gag se produit. Je sais bien que c'est drôle, mais ça me rend terriblement nerveuse, c'est comme s'il n'y avait plus ni règle ni ordre, ni structure.

Plus tard, à la récréation, Sophie était appuyée contre la fenêtre, elle mangeait une tartine, je crois, tout en expliquant comment elle dirigerait la classe quand elle serait chef de classe. Brusquement, la fenêtre a explosé et elle est passée au travers. Je ne comprends toujours pas comment elle ne s'est pas ouvert la gorge avec les éclats de verre. J'en fus littéralement muette d'horreur, mais Sophie riait si fort que le seul risque qu'elle courait était finalement d'avaler sa tartine. Je crois que tout le monde était d'humeur loufoque.

26 février

Si je pouvais recommencer le devoir d'anglais de la semaine dernière, le poème, j'écrirais ceci :

Dans l'obscurité de la nuit
J'entends craquer les murs
Du couloir
Les portes claquent devant moi
Une à une
Et les ombres du soir s'agitent sur le
[plancher.
Des petites flaques de lumière se
[déchirent
Tandis que tout grince et se ferme
[autour de moi.

L'hôpital, c'était ça, dans un sens.

Il m'arrive de me trouver bonne en anglais. Mais je finis toujours par détester ce que j'écris. Ce poème, tenez, je n'aime plus du tout la dernière phrase. J'aurais dû ajouter un truc qui explique comment il pouvait y avoir des « petites flaques de lumière » dans l'obscurité de la nuit. Je voulais parler des petites veilleuses du dortoir de l'hôpital.

En tout, j'ai fait quatre services différents à l'hôpital. Mais c'est celui de psychiatrie qui m'a le plus marquée, parce que c'est là que je suis restée le plus longtemps, bien sûr, mais aussi parce que c'était le plus impressionnant. Je ne sais pas pourquoi. Sans doute à cause d'une certaine honte à se retrouver là. Sans doute à cause de tous les tordus, de tous les dingues — comme la vieille dame qui voulait qu'on cuise tout ce qu'elle mangeait, y compris la salade et la glace. Sans doute, aussi, à cause du groupe de thérapie. Bien évidemment, je n'ai jamais prononcé un seul mot là-bas — ni nulle part ailleurs — mais j'ai écouté. Et, pour écouter, j'ai écouté. Je me suis habituée à écouter les gens faire leur propre analyse et celle des autres et parler d'eux-mêmes de façon plutôt ouverte et, au bout d'un certain temps, j'ai dû commencer à faire pareil au fond de moi-même. Un peu en tout cas.

Maintenant, je me sers de ce cahier... pour dire quelle honte j'éprouvais d'être dans le service des tordus. Je n'aurais jamais pu l'exprimer avant. Je ne pouvais même pas admettre de penser un truc pareil. Mais, à force d'entendre les autres enfants le répéter en groupe de thérapie, je me suis rendu compte à quel point j'avais honte d'avoir échoué dans un endroit pareil – et aujourd'hui, j'arrive enfin à l'écrire. Le docteur Harvey serait fier de moi.

28 février

Je ne veux rien écrire aujourd'hui.

1er mars

Ni aujourd'hui. Rien. Rien. Rien. Ni demain.

2 mars

En fait, tout ne va pas si bien ici, pour moi. Et rien ne semble m'aider. Même pas ce cahier. Mercredi, on m'a accusée de vol. C'est faux, je n'ai rien volé.

4 mars

Cet après-midi, Grand-Maman est venue. Nous sommes allées en voiture en ville faire du lèche-vitrines. Ensuite, elle m'a emmenée voir un film. C'était pas mal. J'ai bien aimé. Je ne me suis pas sentie trop gênée de me montrer en public. D'ailleurs, il n'y avait pas grand-monde. Et puis, je me fiche pas mal de mon visage. Le problème n'est pas là.

Hier, c'était l'anniversaire de Grand-Maman. Je n'avais pas oublié. Toute la journée, j'y ai pensé, mais je n'ai rien pu lui dire.

5 mars

Je passe un temps fou à la chapelle depuis quelques jours. Même hier soir et cet après-midi, j'y suis allée. Si quelqu'un d'autre est là quand j'arrive, je repars. Mais la plupart du temps elle est vide. Il arrive qu'une autre fille vienne quand j'y suis mais, en général, personne ne me voit, car je m'assieds sur les côtés, dans les coins sombres. Ce sont surtout des filles que je ne connais pas. Mais, hier soir, Lisa Morris est venue et elle est restée assise presque une heure. (Au moins, elle est descendue de son arbre. Elle m'espionne, si ça se trouve.) Et puis, cet après-midi, à mon arrivée, Emma était là. Ça m'a étonnée, elle qui est toujours si gaie. Après tout, les gens gais aiment peut-être aussi entrer dans les chapelles ? Ou alors, elle est croyante ? Ou bien est-ce que tout le monde se rend à la chapelle de temps en temps ? Je n'en sais rien.

Moi, je ne sais pas ce qui m'attire. Je ne suis pas croyante.

Mon autre refuge, c'est la bibliothèque. Je m'y rends souvent à l'heure du déjeuner ou après les cours. Parfois, je regarde des livres, mais c'est rare. J'y croise souvent des réfugiées d'un autre genre : les cancres, les parias de l'école qui se cachent dans les coins, tandis que les phénix se pavanent au centre de la salle pour lire *Dépêche-Mode* ou *Vogue* et les magazines scolaires de garçons.

Je ne lis plus beaucoup, plus autant

qu'avant. L'an dernier, j'ai bien lu *Bilbo le Hobbit** ainsi que *Va demander à Alice* et, en anglais, nous avons étudié *Les Intrus* et *Le Roi des champs de courses*. Mais cette année je ne fais que regarder les images. Mon livre préféré, et de loin, c'est *Les Enfants de la Ferme des Cerisiers* mais je ne sais pas vraiment pourquoi. J'aime la manière dont tous les enfants de l'histoire mangent des confitures et de la crème, j'aime qu'ils partent à l'aventure (ils ne partent jamais en promenade, mais toujours « à l'aventure »), j'aime qu'ils aillent nourrir les poulets, qu'on vienne les border dans leur lit le soir, et qu'on les couvre de cadeaux. Et surtout, j'aime Tammy le Sauvage. Il y a malgré tout une chose que je n'aime pas dans tous ces livres, le bruit des trains, ils font toujours chi-chi-chi-chi-chi... et jamais tchou-tchou-tchou-tchou-tchou...

Tracey, la lèche-bottes du dortoir (non, je ne devrais pas dire ça, il lui arrive d'être gentille et même de faire des bêtises) est encore plongée dans des histoires de cow-boys. C'est presque un peu violent pour une fille de troisième. Elle

* De J.R.R. Tolkien (1892-1973), écrivain anglais.

se fait charrier de temps en temps, mais ça n'a pas l'air de l'atteindre. Cathy lit des bandes dessinées comme *Illusions*. À mon avis, on peut deviner énormément de choses sur les autres d'après leurs lectures. Sophie, par exemple, lit *Mills et Boons*, ou *De doux rêves*, même si elle en a un peu honte. Mais comme tout le monde lui pique ses livres régulièrement, personne n'ose se moquer d'elle.

Je me demande si elles se doutent de tout ce que je sais d'elles ? Ça m'étonnerait assez, parce que je ne les regarde jamais en face, je ne leur manifeste jamais le moindre intérêt. Mais je suis très attentive à tout. Je me souviens avoir vu un film dans lequel un père disait à son fils : « Mon garçon, si tu gardes la bouche ouverte, tu n'apprendras rien du tout. » Si c'est vrai, alors je suis sûre de devenir la femme la plus sage du monde.

6 mars

Il manque tellement de trucs dans ce cahier, que c'en est frustrant, parce qu'en fin de compte il n'est pas complet. J'ai du mal à croire que j'en sois devenue l'esclave aussi rapidement.

Aujourd'hui, je suis retournée à l'entraînement de tennis. Ça reste obligatoire, bien que je n'aie pas touché une raquette ou une balle de l'année. Je ne jouais pas mal, je crois. Avant de mourir. (Pourquoi ai-je écrit ça ? Une impulsion soudaine. Parce que je suis un mort vivant, voilà pourquoi. Que sont devenus les jours heureux de ma vie ? J'ai peur des miroirs, peur des photos, peur des souvenirs... peur de vivre, c'est *moi*.)

Jusqu'à présent, chaque samedi de matchs interécoles, je me suis retrouvée sur la liste des remplaçantes. Au *bas* de la liste. Restons sérieux ! C'est uniquement pour me forcer à y aller. Supposons que la totalité des joueuses, plus la moitié des remplaçantes aient un empoisonnement gastrique ou l'appendicite ou une panne d'oreiller ? Je ne peux pas croire qu'on me mettrait une raquette entre les mains et qu'on me pousserait sur le court ? J'ai horreur d'aller dans les autres écoles. Je m'imagine que tout le monde me regarde et, bien souvent, c'est l'exacte vérité. À Warrington, bien que j'en sois la première étonnée, je crois que je commence à me sentir presque en sécurité. C'est dangereux. Je dois me méfier.

Aujourd'hui, Sophie a battu une fille de

l'autre école (une cinquième d'accord, mais bon...). À la fin du match, elle a voulu sauter le filet comme les vrais vainqueurs, elle a dû s'y reprendre à quatre fois, et même cette fois-là elle a fini par trébucher et elle est partie en vol plané. Elle cherche toujours à attirer l'attention. Ou bien c'est un clown-né. Les deux, peut-être. En ce moment, en pleine étude, elle est en train de viser Cathy, par-dessus mon bureau, avec des grains de raisin que Cathy essaie d'attraper dans la bouche. Emma vient de leur dire d'arrêter, elle a la trouille qu'on ait des ennuis et en plus tout le monde a plein de boulot. Malheureusement, Emma n'a pas une grande autorité dans ce groupe. Lisa est la seule qu'elles écouteraient, mais elle reste penchée sur son bureau sans leur accorder la moindre attention. Et voilà, c'est au tour de Kate – elle bombarde Sophie de cacahuètes. Ça va dégénérer en « tarte à la crème ». Une partie de moi rejoindrait volontiers la bagarre, l'autre est terrorisée. Malgré tout, intérieurement, ça m'amuse, je crois. Quand je pense qu'il y a un an ou deux, j'aurais galopé sur tous les bureaux en versant des litres de lait sur la tête de tout le monde. C'est sans doute ce que je voulais dire un peu plus haut en parlant de mort vivant.

7 mars

Je suis le Fantôme, le Spectre Ambulant, qui hante le dortoir, les classes, chaque recoin de l'école. Personne ne remarque plus ma présence — ce qui me convient parfaitement. Parfois, les autres me regardent avec compassion, elles ont un geste ou un mot gentil : « Tu veux un bout de Mars ? » par exemple. Dans ces cas-là, elles me parlent d'une voix toute douce, comme on parle aux petits enfants ou aux jeunes animaux. À d'autres moments, elles s'énervent contre moi et me crient après. Parfois aussi, elles sont méchantes et se moquent de moi. Sophie surtout, sans vouloir la faire passer pour plus méchante qu'elle n'est. Seulement, elle aime les gens qui brassent, qui sont blagueurs et turbulents. Je suis sûre que c'est horrible pour elles de m'avoir dans leur dortoir. Mais je n'ai pas volé son argent. Et d'abord qu'est-ce que j'en ferais ?

Aujourd'hui Cathy s'est énervée contre

moi, sans aucune raison, à mon avis. Elle est arrivée dans le dortoir d'une humeur massacrante, criant après tout le monde et se plaignant de tout. Là-dessus, elle a trouvé sur son lit quelques-uns de mes sous-vêtements que j'avais posés là pendant que je triais mon linge. Ça l'a exaspérée et elle me les a balancés en disant : « Ne t'imagine surtout pas que nous allons passer toute l'année à te plaindre. » J'étais pétrifiée, j'avais le ventre totalement noué, mais je n'ai pas pris la fuite selon ma bonne habitude.

Là, on vient d'entrer en étude et elle m'a glissé un message :

> *Pardonne-moi de t'avoir crié après. J'étais d'une humeur massacrante après le cours de sciences parce que Hardcastle m'a pratiquement accusée d'avoir triché. Ça n'avait rien à voir avec toi. Je suis désolée. Je te trouve très gentille et j'aimerais que nous soyons amies.*
>
> *Cathy*

J'ai reçu son papier, il y a environ vingt minutes. Je ne peux pas la regarder. Je ne peux pas bouger. Je reste la tête baissée, les yeux fixés sur mon cahier. Je viens à peine de recommencer à écrire. Je veux mourir, me cacher ou fuir. J'ai peur de la regarder. Je peux affronter et j'ai affronté presque tout dans ma vie, mais ça non.

8 mars

Quelle curieuse impression de se sentir aimée! Je suis plus habituée à la haine, j'y suis plus à l'aise. Mais, il n'est pas certain non plus que c'était le sens de sa phrase. Je crois plutôt qu'elle se sentait coupable de m'avoir crié après.

Au groupe de thérapie, presque toutes les discussions portaient sur les bagarres familiales et trucs de ce genre. Mais les bagarres des autres ne ressemblaient jamais aux miennes. Dans mon ex-famille, ma mère criait, tempêtait tout son soûl puis elle filait en courant à l'étage. Mon père, lui, sombrait dans un mutisme impressionnant, un silence terrible qui durait des heures et me laissait meurtrie plus longtemps encore. (Meurtrie et meurtre, je découvre seulement maintenant la ressemblance entre ces deux mots.)

Je me demande parfois si mon père a dit quoi que ce soit à son procès. J'aurais peut-être dû y aller, même si ce n'était plus nécessaire dès l'instant où il avait décidé de plaider coupable. A-t-il plaidé coupable juste pour m'éviter de venir à l'audience et de témoigner ? C'est ce que m'a dit, un jour, Mme Olsson, quand elle essayait de me faire retrouver l'usage de la parole.

Je me demande s'il pense à moi ce soir, ou n'importe quand ? Ça doit bien lui arriver. C'est drôle, je ne m'étais jamais posé la question. Mais, au fond, il est possible que j'occupe une place de choix dans sa vie. Même si je ne me suis jamais considérée comme quelqu'un d'important pour lui. On m'a demandé si je le détestais. Oui, je crois. Mais l'essentiel, c'est de savoir si lui me déteste. À mon avis, sans aucun doute... Et dans ce cas je veux savoir à quel point il me déteste. Beaucoup ? Un millier de millions de fois, ou juste une centaine de millions de fois ? Et pourquoi ? Qu'est-ce que je lui ai fait ? Je n'étais pas si méchante tout de même ?

Faut croire que si. J'ai bien dû l'être. Face à cette question, mes problèmes avec ma mère ont bien peu d'importance.

9 mars

Les autres filles nagent énormément, avant les cours, après les cours, durant les week-ends. Moi non. J'ai peur. Pas de l'eau. Non, des rires quand on s'éclabousse, des formes que dessinent les corps des autres dans l'air et quand ils fendent la surface de l'eau. Mais ce que j'aime, en revanche, c'est me trouver au bord de la piscine avant l'arrivée des autres et observer cet aspect clair et pur de l'air et de l'eau. Puis, la première fille saute ou plonge, alors tout se fissure. Et la crevasse s'écarte vite et tout se craquelle. Lorsque la piscine et le terrain qui l'entoure sont noirs de filles, alors tout est brisé en des milliers et des milliers d'éclats, comme un pare-brise cogné par une pierre. Mais, à la fin, elles repartent toutes et tout retrouve son calme et son unité – avec une rapidité stupéfiante.

Je sais que c'est insensé, idiot, de penser à des trucs pareils. Mais j'y pense.

Aujourd'hui, Mme Ransome, m'a raconté que son fils veut quitter l'école pour partir faire du surf avec des types plus âgés que lui. Je ne trouve pas que ce soit une bonne idée. Mme Ransome est très inquiète. J'aime bien l'écouter bavarder, certains jours. Elle m'a demandé si j'avais déjà pris de la drogue. Tout le monde me pose cette question. Je me suis contentée de fixer le mur, comme d'habitude. Je n'ai jamais pris de drogue, évidemment, sauf quand c'était indispensable, à l'hôpital. Mais à mon avis ça ne compte pas.

Je me demande si beaucoup d'autres élèves vont voir Mme Ransome ? Je crois qu'elle donne surtout des conseils d'orientation professionnelle, des trucs de ce genre.

10 mars

Aujourd'hui, on a encore joué contre Sainte-Margaret et à Sainte-Margaret. J'ai dû y aller, Dieu sait pourquoi, mais le trajet en car m'a bien plu, je regardais défiler les rues des banlieues par la fenêtre tout en écoutant bavarder les filles. Toutes les stars du tennis avaient pris place à l'arrière du bus : Sarah Venville, Sarah Cassell, Lisa Morris. Elles avaient l'air de bien s'amuser.

L'attitude de Cathy n'a pas vraiment changé depuis qu'elle m'a écrit. Comment savoir ? Elle me regarde peut-être un peu plus. Je m'en veux à mort de ne pas lui avoir répondu, mais c'était impossible. Je voulais, mais je ne pouvais pas.

Alors, aujourd'hui, dans l'après-midi, le dortoir était désert – le gros de la troupe était parti nager et Emma est en week-end avec Tracey. Il n'y avait personne dans les parages, alors j'ai fait un truc complètement débile. Je ne sais pas ce qui m'a pris, je suis allée dans le jardin que j'aime beaucoup (celui où Lisa était cachée dans un arbre ce fameux jour) cueillir une fleur et je l'ai déposée sur le lit de Cathy. Je n'ai même pas idée de ce que c'était comme fleur! C'est vraiment nul, mais c'est pourtant ce que j'ai fait.

Le dortoir est sens dessus dessous en ce moment. Kate et Sophie ont des disputes terribles, elles poussent des hurlements, elles se jettent des trucs à la tête et, pour finir, chacune passe le reste de la journée à essayer de persuader chaque élève de troisième qu'elle a raison et que l'autre est une vraie garce. Emma est assez gentille avec tout le monde, mais ça m'a tout de même étonnée de la voir partir en week-end avec Tracey, parce que, d'après moi, elles n'ont pas grand-chose en commun. Mais quand on vient de l'autre côté de l'océan, ce doit être difficile de résister à une invitation pour le week-end.

Lisa, aussi, est gentille avec tout le

monde. Comme je crois déjà l'avoir écrit, elle a une personnalité très forte mais elle ne s'en sert que dans un sens positif, de sorte que les filles l'aiment bien. Pourtant, il y a toujours ce jardin secret qu'elle ne montre à personne. Je sais qu'il existe, à la manière dont elle part seule quelquefois, mais la plupart du temps elle paraît sûre d'elle et heureuse.

On peut dire qu'elle est un peu la tête de file du dortoir. Kate balance souvent des vacheries derrière son dos. Par pure jalousie, à mon avis.

En ce moment, tout le monde se ligue contre Ann, et je ne vois pas pourquoi. Elle est gentille. En tout cas, elle est toujours gentille avec moi, mais les autres la traitent de lécheuse, et elles la critiquent sans arrêt par derrière. Hier, elle s'est violemment disputée avec Tracey. Puis, ce matin, Sophie s'en est prise à Cathy parce que Cathy avait utilisé sa poudre à laver sans le lui demander, alors que Sophie, elle-même, se sert toujours des trucs des autres sans se gêner. Ensuite, ce fut le tour de Kate. Elle a quitté le dortoir après un foin d'enfer, parce que des cassettes lui manquaient. Elle n'est revenue qu'au bout d'une heure, du coup, elle a raté l'inspection et elle a failli rater le car pour un spectacle nautique dont elle fait partie.

11 mars

Cathy a dû comprendre que la fleur venait de moi, parce qu'elle n'a rien dit. Si elle avait pensé qu'elle venait d'une autre fille, elle aurait fait un commentaire. Elle l'a mise dans un verre d'eau sur sa table de nuit.

J'ai relu son mot et je me suis rendu compte qu'en réalité, elle ne dit pas qu'elle m'aime. Je pense qu'elle veut simplement dire qu'elle souhaite être gentille avec moi et pas méchante. Pourvu que je n'aie pas été ridicule.

12 mars

Emma et Tracey ont eu des ennuis car elles sont rentrées de leur week-end en retard et à moitié ivres. Sur ce point, l'école ne peut pas grand-chose puisque ce sont les parents de Tracey qui leur ont permis de boire de l'alcool. Elles vont sûrement être collées. Tout le dortoir pense que c'est la meilleure de l'année, surtout à cause de Tracey et son côté « cow-boy » girl. Ça m'étonnerait qu'on l'ait déjà punie pour une raison de ce genre. Sophie et Kate en sont pliées de rire et n'arrêtent pas de les mettre en boîte. Ce qui est plutôt ironique quand on sait que Sophie et Kate ont déjà sifflé deux bouteilles de tequila ce trimestre.

Mme Graham était vraiment furieuse. J'en ai les entrailles retournées par des crampes glaciales quand les profs se fâchent. Je voudrais ramper sous le lit, disparaître sous les couvertures et rester dans l'obscurité de cette petite grotte à tout jamais. Au lieu de ça, je m'écrase contre le mur et je reste plantée là comme une idiote.

13 mars

Ann gardait sur le meuble près de son lit une poterie qu'elle avait faite. Un grand oiseau, un aigle dans des tons bruns, qui était très beau. Elle est si artiste. Ce matin, en passant l'aspirateur dans le dortoir, c'était mon boulot avant l'inspection, je me suis pris les pieds dans l'aspirateur, j'ai basculé contre le meuble et j'ai heurté la statuette qui s'est écrasée en mille morceaux sur le plancher... C'était horrible, mon Dieu, horrible! Là, j'en parle avec un certain calme mais, au fond de moi, je me suis sentie mourir. J'aurais voulu mourir. Je suis sortie.

J'avais l'impression que ma peau avait perdu toute couleur, que mon corps n'existait plus. Je ne pouvais pas retourner au dortoir. Toute la journée, j'ai eu envie de me tuer. Pour la millième fois de ma vie, j'ai envisagé les différentes manières de me tuer. Comment ai-je pu être si maladroite, si stupide? Et, envers Ann en plus, elle qui a toujours été si gentille.

Cet après-midi, je suis retournée au dortoir après les cours, parce que je devais me changer. Je suis entrée à pas de loup, mais Ann, Emma et Tracey étaient là. Il m'a semblé qu'Emma et Tracey me regardaient d'un drôle d'air, mais j'y suis habituée. Je me suis avancée en serrant le mur au plus près, comme toujours, jusqu'à mon lit. Ann s'est approchée, elle a posé une main sur mon épaule en me disant : « Ne t'en fais pas, c'est rien. Je ne m'en fais pas, moi. » J'étais plaquée au mur avec une force inouïe, à m'y *incruster* presque, à en avoir des bleus aux épaules, au front et aux genoux. Pour la seconde fois, ce trimestre, j'ai failli pleurer, mais j'ai résisté. C'était la première fois, à l'école, que quelqu'un me touchait. Ma peau était comme une prune bien mûre là où elle avait posé sa main. À l'autre bout du dortoir, Emma et Tracey étaient occupées, délibérément, mais c'était comme si elles étaient branchées sur écouteurs, des écouteurs très sophistiqués, et l'atmosphère tout entière transmettait ce qui arrivait.

Ce soir, l'aigle était déjà réparé, Ann avait recollé tous les morceaux. Mais je voyais encore les craquelures. Je les verrai toujours.

14 mars

Aujourd'hui, reçu une carte de New York :

> *Chérie, j'espère que tu vas bien. Le voyage en avion a été épouvantable. Enfin, ça y est, nous sommes là ! Je vois*

à peine J.J. — Les réunions! Toujours ces satanées réunions!

Je t'embrasse.

Maman

La carte représente un de ces gorilles monstrueux, tout poilu, en train d'escalader l'Empire State Building. C'est peut-être mon soi-disant beau-père. Elle croit que c'est très chic de l'appeler J. J. Moi ça me soulève l'estomac.

À propos de haut-le-cœur, ce soir à dîner, on nous a servi ces immondes saucisses de Francfort rouge violacé avec de la purée de pommes de terre. Personne n'a pu en avaler. Mais Kate en a tiré une sculpture assez originale — même le « préfet* » de service a souri. Et c'est plutôt rare de voir une fille de terminale rire des blagues d'une troisième. Kate est incontestablement vulgaire, mais il lui arrive aussi d'être drôle.

La nourriture n'est pas toujours mauvaise — d'une façon générale, c'est même plutôt meilleur qu'à l'hôpital. Mais il y a une chose à laquelle je n'arrive pas à m'habituer, c'est le bruit au réfectoire. À l'hôpital, du moins en service de psychiatrie, il n'y avait jamais de bruit au réfectoire. Les

* Élève choisie parmi les grandes pour maintenir la discipline.

gens étaient assis, immobiles, le visage sombre. La soirée la plus amusante fut celle où on découvrit que Franck, un vieux bonhomme qui venait d'arriver, avait caché tout son dîner dans sa poche et qu'il le mangeait en puisant dedans avec une cuillère. Ce soir-là, ce fut la folie totale. Le personnel devint hystérique. Mais je pense que seuls les malades percevaient ce qu'il y avait de drôle.

Est-ce que mon père m'écrira un jour ? A-t-il seulement le droit d'écrire ? Pour mes douze ans, il était en voyage d'affaires, je ne sais où, et il m'a envoyé une carte d'anniversaire. C'est la seule fois où j'ai reçu une lettre de lui. Je crois. Je ne suis pas sûre de reconnaître son écriture s'il m'écrivait. Et, pour écrire quoi ? « Pardon... » Ça m'étonnerait.

Toutes ces séries américaines où tout le monde s'entend toujours tellement bien, ça me rend malade. Les parents sont toujours si ouverts, si attentifs, si chaleureux, chacun parle toujours de ses problèmes et il y a toujours une solution. Je déteste ça. Et dire qu'avant, je pleurais en regardant ce genre de feuilleton !

15 mars

Je n'ai pas beaucoup parlé des programmes scolaires dans ce journal...

Essentiellement parce qu'ils comptent si peu. Pourtant, ils sont intéressants et j'aimerais faire bien. En classe, j'écoute attentivement, j'essaie de comprendre, mais je prends peu de notes pour que les profs ne me remarquent pas. En maths, j'ai Mme Graham et j'ai trop peur d'elle pour travailler à fond. J'aime bien l'histoire avec le docteur Thorley. Ma bête noire, c'est le cours de gym, même si on ne me demande rien. Le simple fait de regarder les autres me donne un profond sentiment d'exclusion.

En éducation religieuse, nous avons la directrice. J'aime la regarder et l'écouter quand elle parle. Elle est si parfaite, toujours bien habillée, bien coiffée, rien ne semble laissé au hasard. Je me souviens, la première fois que je l'ai vue, j'ai eu l'impression de me trouver dans un studio de télévision parce qu'elle me rappelait la dame qui présente les émissions de musique lyrique. Il lui arrive souvent d'annuler le cours d'éducation religieuse et j'en suis toujours un peu déçue (bien qu'ici, on nous gave de religion pour le restant de nos jours).

Mais ce que je préfère c'est l'anglais. C'est la seule matière pour laquelle j'écris un tant soit peu, surtout dans ce cahier et je me complique beaucoup la vie pour être sûre que personne ne le lise. Je crois que les cours de M. Lindell sont censés nous faire réfléchir sur nous-mêmes, sur les autres, sur tout. Certaines filles jugent ses cours un peu tordus, mais elles sont plus sincères en anglais qu'à aucun autre cours et elles vont plus loin dans l'expression de leurs sentiments.

Hier, nous devions faire notre autoportrait dans le style abstrait, quelque chose de symbolique qu'il fallait ensuite expliquer à toute la classe. Les explications furent étonnantes. Lisa Morris avait peint toute une harmonie de teintes pastel coupée en deux par un trait tremblé très vif, un peu comme un éclair. Elle refusa d'en parler. Cathy avait dessiné un personnage — elle-même — traîné de force le long d'un tunnel par des formes grises. Elle expliqua que ces formes symbolisaient ses professeurs, ses parents et les autres. « Les autres élèves? » lui demanda M. Lindell. « Oui », répondit Cathy.

Mais ce qui m'impressionne c'est le nombre de filles, qui, comme Cathy, ont dessiné des trucs décrivant leur solitude face aux différentes pressions dont elles sont l'objet, le sentiment de leur isolement et du groupe qui les rejette. Je me demande si elles savent ce que l'isolement signifie. Peut-être le savent-elles.

M. Lindell nous cita une phrase qu'il avait lue : « Nous sommes tous étonnamment seuls, mais il est important de continuer à lancer des signaux à travers le mur de verre. » Est-ce que je lance des signaux, moi ? Aucun. À moins que tous mes actes depuis ces onze derniers mois ne soient qu'un long signal. Mais le mur de verre est si épais. Vraiment très épais – mais qu'importe l'épaisseur, au moins il est transparent.

Cependant ma présence en classe inhibe tout. L'autre jour, des filles parlaient assez ouvertement de la manière dont elles se font des amies et dont elles les gardent ; et puis une fille du nom de Sandy Bennett a commencé à dire qu'il devait être terrible de ne pas avoir d'amies et, en un clin d'œil, une bise glacée a soufflé sur la pièce et la gêne s'est peinte sur les visages. Elles se sont tellement habituées à moi qu'elles finissent par oublier que je suis là, puis arrive une chose de ce genre et elles se rappellent mon existence. Et pourtant, tout ce qu'elles racontaient me fascinait, j'aurais voulu qu'elles ne s'arrêtent jamais.

Tout ce qui se dit en classe d'anglais se grave avec netteté, avec précision dans mon esprit, comme des lettres découpées dans la glace. Mais je ne leur laisse jamais deviner l'avidité avec laquelle je les écoute.

16 mars

Dans une semaine, c'est Pâques. Je vais chez ma grand-mère, ainsi que Mme Graham me l'a appris aujourd'hui. « Mes parents » (comme elle les nomme) ne rentrent d'Amérique qu'après les fêtes. Mme Graham m'a également annoncé que j'avais rendez-vous mardi avec le docteur Harvey. Et voilà pour Pâques.

Il paraît que le fils de Mme Ransome s'est un peu calmé dernièrement. Elle m'a dit qu'il avait abandonné son idée de partir faire du surf et qu'il restait à l'école. Tant mieux pour elle.

Aujourd'hui, au dortoir, l'ambiance est abominable. Ann est malade, elle est à l'infirmerie depuis deux jours, mais les autres disent que c'est de la frime. Elles sont mauvaises à son égard dès qu'elle a le dos tourné – pourtant en ce moment, elle jouit d'une meilleure cote que dans les semaines passées. Ces jours-ci, c'est après Tracey qu'elles en ont. À croire que chaque semaine c'est le tour d'une fille différente, chacune prend l'initiative l'une après l'autre. Sophie et Kate, surtout. Et les autres les suivent parce qu'elles en ont peur. Sauf Lisa – malgré sa popularité, tout le monde la craint y compris Sophie et Kate.

Chaque fois que j'entre à la buanderie, quelqu'un fume. Chaque fois que je vais aux douches, quelqu'un fume ou mieux boit de l'alcool. Chaque fois que je me rends à la salle d'étude, les filles sont en pleine messe basse et elles attendent que je sorte pour continuer alors qu'*a priori* je leur suis totalement indifférente. Chaque fois que j'entre dans la salle des élèves, elles regardent la télé et je finis généralement par la regarder avec elles. Il m'arrive encore quelquefois d'aller à la chapelle et à la bibliothèque, mais moins souvent. Pourtant, mes deux vieux amis me manquent, ces chers bâtiments accueillants, silencieux.

17 mars

Aujourd'hui, c'est la Saint-Patrick, et alors ! M. Ross, le prof de dessin, qui est vraiment minuscule, est arrivé à l'école tout de vert vêtu en clamant qu'il était un farfadet irlandais. J'ai souri intérieurement. Ça m'a rappelé plein de livres que j'avais aimés.

18 mars

Hier soir, Ann est revenue de l'infirmerie. Elle a eu la grippe. J'étais contente de la revoir.

Une fois de plus, je me rends compte que je parle peu dans ce cahier de ce que je pense, de ce que je ressens véritablement. C'est vrai, j'effleure la surface, mais ça me fait trop mal d'aller plus loin. Je le voudrais pourtant.

Ann, par exemple, j'étais vraiment heureuse de la voir — j'en ai ressenti une grande bouffée de plaisir et, si j'avais pu sourire, je l'aurais fait.

Mais, la plupart du temps, je ne suis même pas capable d'écrire ces choses-là car je ne sais ni ce que je pense, ni ce que je sens. Un peu comme si j'étais en état d'hibernation à l'intérieur de moi-même. Parmi les questions que M. Lindell nous pose en anglais, il y en a certaines que je tourne dans ma tête des jours entiers sans pouvoir y répondre. Comme s'il n'y avait pas de réponse.

Hier soir, après l'extinction des feux, chacune a parlé de sa famille et compagnie... Sur les huit filles du dortoir, seulement deux, Tracey et Cathy, s'entendent bien avec leurs parents. Ann aurait peut-être aussi cette chance — s'ils étaient tous deux vivants — mais son père est mort quand elle avait deux ans. Sophie répète sans arrêt qu'elle déteste sa mère. Kate déteste sa mère et son père, et raconte des histoires ahurissantes sur les discours qu'elle leur tient et les hurlements qu'ils se jettent à la tête. En plus, c'est une enfant adoptée, et il faut croire que ce n'est pas une réussite. Les parents d'Emma sont divorcés. Et puis hier soir, Lisa s'est mise à raconter que ses parents aussi avaient divorcé, depuis l'an dernier. À mon avis, peu de filles le savaient. Donc, ça donne trois sur huit dans un seul dortoir dont les parents sont séparés ! 3 sur 8 ! Et on se demande encore pourquoi on colle les enfants en pension !

Lisa s'exprimait d'une voix si feutrée, si calme, que les filles s'étaient senties obligées de se taire. Mais, elles la pressaient de questions, comme si elles étaient vraiment concernées et elle leur raconta que ses parents se querellaient depuis longtemps ; puis, l'année dernière, ils l'avaient expédiée à Warrington et, à peine était-elle arrivée, ils lui avaient écrit pour lui annoncer qu'ils divorçaient. Elle n'était ici que depuis cinq jours quand elle avait reçu la lettre. Ils expliquaient qu'ils avaient jugé préférable de la mettre en pension et lui dire ensuite la vérité, afin qu'elle soit dans un contexte différent, ou Dieu sait quoi ! Comme s'ils lui faisaient une faveur. Jamais, je n'oublierai la manière dont elle parlait, le son de sa voix dans l'obscurité. J'éprouvais une telle émotion, en écoutant son récit, allongée au creux de mon lit. Mes poings étaient si serrés que mes ongles s'incrustaient dans mes paumes et, ce matin, j'avais des gouttelettes de sang séché sur les mains. J'en ai été presque heureuse – je ne sais pas pourquoi. Je voulais souffrir, partager son chagrin. C'était un peu ma voix que j'écoutais dans le noir.

19 mars

Voici quelques petits événements sans importance à noter dans ce cahier. Hier soir, on nous a projeté *My Fair Lady*. Cet après-midi, Sophie s'est fait pincer en train de fumer; résultat, elle a trois heures de colle. Ce matin, à la chapelle, Ann est pratiquement tombée dans les pommes — évanouie, quoi — et on a dû la transporter dehors. Cet après-midi, le dortoir était vide, tout le monde était de sortie, sauf Lisa et moi. BMW et Mercedes bloquaient l'allée d'un bout à l'autre. Les filles ont rapporté des tonnes de provisions dont elles se sont goinfrées ce soir. J'ai entendu Kate se disputer avec ses parents parce que Mme Graham venait de leur apprendre qu'elle ne travaillait pas. Kate n'était pas aussi grossière qu'elle le clame d'habitude, mais elle était tout de même terriblement mal élevée. Après le goûter, elle n'a pas cessé de râler parce qu'une de ses affiches avaient été déchirées et que personne n'a avoué.

Cet après-midi encore, j'ai regardé les allées et venues des gens, toujours cachée dans le jardin. Lisa, aussi, était montée dans l'arbre mais, cette fois-ci, je le savais. À un moment j'ai regardé vers elle, nos yeux se sont croisés.

Elle m'a contemplée gravement, mais gentiment, avant que je ne me détourne à nouveau. Dans un sens, c'était sympa de la savoir là. Tout de même, je trouve ça curieux car elle pourrait aller se promener avec qui elle veut, mais non, elle préfère s'asseoir dans un arbre.

20 mars

L'idée de retourner à la maison pour Pâques enthousiasme toutes les filles, moi exceptée. Elles ont toutes eu l'autorisation de partir à l'heure du déjeuner, sauf Sophie qui est en colle cet après-midi (à cause de la cigarette qu'elle a fumée). Elle ne pourra pas s'en aller avant cinq heures, aussi fait-elle un peu la tête.

Aujourd'hui, en anglais, il fallait répondre par écrit à toute une série de questions du style : « Quel rêve aimeriez-vous faire ? » La plupart des filles ont mis des trucs idiots, comme rêver de vedettes de cinéma, mais certaines réponses étaient vraiment bonnes. Il y eut une autre question : « Quelle scène aimeriez-vous voir reproduite en peinture ? » Suivirent encore d'autres réponses sur des vedettes de cinéma, certaines assez grossières. Une fille, plutôt imbue d'elle-même, a répondu : « Moi, lorsque j'ai gagné le titre régional en équitation, l'année dernière. » Rikki Martin, une externe, vraiment intelligente et gentille, a dit : « L'infini. » Je ne sais plus qui : « Dieu. » Quant à Lisa, elle a écrit qu'elle aimerait une peinture de la ferme que ses parents possédaient et qu'ils avaient vendue, lors de leur divorce, pour aller vivre en ville. Elle doit lui manquer énormément.

Cathy n'a pas voulu lire la sienne. Dommage. J'attends toujours ses réponses avec impatience. Je n'ai rien écrit, mais j'ai réfléchi et je réfléchis encore. Dans un certain sens, dans un curieux, dans un terrible sens que je ne m'explique pas, j'aimerais une suite de toiles qui raconterait chaque minute de cette journée où tout a basculé, il y a un an. Beaucoup plus qu'une toile qui représenterait les jours heureux qui l'ont précédée.

« Heureux ! » Quelle plaisanterie !

« Quelles sont les actions des autres qui vous inquiètent ? Vous rassurent ? » Sans blague, ce type de questions me fait exploser la cervelle. La première réponse est : « Je n'en sais rien » ; la seconde : « Rien. » Mais ces réponses sont toutes les deux fausses.

Il y avait aussi des questions simplement marrantes et sans conséquence : « Si la crise de l'énergie dans le monde s'aggravait et qu'on ne vous donne plus droit qu'à un seul appareil électrique, quel serait-il ? » La plupart des filles écrivirent leur magnétophone, un ustensile de cuisine. Sophie répondit son sèche-cheveux. Pour moi, ce serait une lampe, je crois.

21 mars

À cause des fêtes de Pâques, il y a des messes tous les jours cette semaine. Pendant la messe, je me demande souvent ce qu'il y a de vrai dans tout ça.

Ce soir, je suis fatiguée et j'en ai ras le bol d'écrire.

22 mars

Une chose affreuse s'est produite, une chose terrible et j'ai un chagrin fou de n'avoir rien pu faire. Cet après-midi, au lieu d'aller à l'entraînement de tennis, je suis allée me réfugier au dortoir comme je l'ai fait plusieurs fois ces derniers temps (personne ne m'a jamais rien dit). D'habitude, à ce moment-là, j'ai la pièce à moi toute seule, durant près d'une heure, parce que tout le monde fait du sport. Mais aujourd'hui, j'étais assise sur mon lit occupée à grignoter une barre de céréales, quand Lisa est entrée, elle est allée s'allonger à plat ventre sur son lit. Au bout de quelques instants elle s'est mise à pleurer ! Je l'entendais. Je voyais trembler ses épaules. Lisa, la forte ! Celle qui ne pleure jamais ! Son chagrin empira : elle ne pleurait plus, elle sanglotait sans contrôle. Des sanglots montant du plus profond d'elle-même. J'en étais complètement bouleversée. Il m'a fallu une discipline de fer pour acquérir la maîtrise absolue que j'ai maintenant sur moi et j'aurais juré que Lisa avait la même... alors, la voir ainsi la perdre, soulignait une fois de plus à quel point j'étais seule. C'était trop dur.

Je m'agitais dans le dortoir, je désirais l'aider, faire quelque chose, dire quelque chose, la toucher, la réconforter. Vous me voyez ! Moi ! J'étais comme une mite avec un pied-bot. Je ne suis même pas sûre qu'elle avait conscience de ma présence.

Je devais ressembler au bossu de Notre-Dame cherchant à aider Esméralda.

À plusieurs reprises, je me suis approchée d'elle, assez pour la toucher, chaque fois effrayée, j'ai reculé.

J'ai déjà entendu des filles pleurer, au dortoir. Souvent. Mais jamais à des instants où je m'y trouvais seule. Jamais avec une telle violence. Et jamais Lisa.

Après un long moment, vingt minutes, peut-être davantage, ses pleurs ont cessé. Elle est restée allongée, calmement, jusqu'à ce qu'on entende les autres revenir vers le dortoir. Alors, elle s'est levée et elle est partie aux toilettes se rafraîchir. En sortant, elle riait, elle plaisantait avec les autres et, naturellement, je suis seule à savoir que c'est de la comédie. C'est son masque. Comme le mien est le silence.

Voilà, c'est tout. Peut-être est-ce bien peu de chose, d'ailleurs, je ne sais toujours pas pourquoi elle pleurait mais, à mes yeux, ce fut important.

28 mars

Rentrée de week-end de Pâques ce soir. J'écris ces lignes à mon bureau juste avant l'extinction des feux. Je suis arrivée aux environs de huit heures et je n'ai pas eu une minute. Cathy ne rentre pas avant demain ; elle a rendez-vous chez l'orthodontiste. Sinon, les autres sont toutes là.

29 mars

Bon, Pâques est passé, on n'en parle plus. C'est agréable de retrouver ce cahier. Je l'avais caché dans le casier sous mon pupitre pendant mon absence, enfoui sous une pile de papiers et de bazar.

Hier, j'ai vu le docteur Harvey à l'hôpital. Ça m'a fait drôle de retourner là-bas. Pire que drôle, ça m'a angoissée. J'avais du mal à respirer et l'estomac noué. C'était aussi une impression bizarre de me retrouver là en tant que malade externe. Il a fallu que je me présente au bureau d'accueil où la gentille Mme Shelby m'a reconnue immédiatement, elle m'a demandé comment j'allais et m'a dit des choses aimables. Ensuite je suis allée m'asseoir dans la salle d'attente avec d'autres malades externes, pendant que les malades internes se promenaient ou allaient demander des trucs à Mme Shelby comme s'ils avaient pris racines dans cet endroit, qu'ils s'y sentent en confiance et comme chez eux. Moi, j'étais désormais sur l'autre rive, la rive extérieure à jouer les voyeurs. Je n'ai vu aucune des personnes que j'aimais bien – Erle ou Jenny, Brian ou Jim – mais j'en ai tout de même vu d'autres que j'ai reconnues – un vieux monsieur gentil qui était là pour un problème d'alcoolisme et Mme Farrugia qui souffrait d'agoraphobie*, elle m'a reconnue, elle m'a saluée de la main en criant : « Bonjour. » Du coup, je me suis sentie mieux, comme si j'étais spéciale, et pas une malade anonyme venue de l'extérieur. J'ai aperçu aussi Noël Harrington, il était dans le groupe des enfants qui avaient la phobie de l'école mais, étant donné qu'il n'avait jamais fait attention à moi quand j'étais à l'hôpital, ce n'est pas maintenant qu'il allait commencer. J'ai tout de même été étonnée de le voir encore là, parce que les enfants atteints de phobie scolaire restent généralement peu de temps. Il était peut-être plus malade que je ne le croyais.

* Agoraphobie : crainte des espaces découverts, des lieux publics.

Bref, j'ai vu le docteur Harvey qui m'a expédiée auprès d'un chirurgien esthétique. Celui-ci m'a examinée, ensuite il a dit qu'il écrirait à ma mère mais qu'on ne pourrait pas faire grand-chose avant encore quelques années. Ce n'est pas plus mal après tout. Je pensais que je n'aimerais pas qu'il me touche le visage mais ce ne fut pas si terrible. Les mains des docteurs sont fraîches, elles ont une sorte de... distance.

30 mars

Kate raconte ses folles vacances de Pâques. Elle était ivre la moitié du temps, elle a fugué pendant deux jours et elle s'est disputée sans arrêt avec ses parents. Sophie, qui est allée chez eux les deux derniers jours — ils ont une propriété quelque part dans le nord-ouest du pays —, dit que les disputes étaient terribles. Emma est allée chez Rikki Martin car Hong-Kong c'était trop loin pour cinq jours. Les autres n'ont pas raconté grand-chose, à part les films qu'elles ont vus ou les cassettes qu'elles ont achetées. Cathy vit aussi dans une ferme à la campagne.

Ann habite dans le centre ville, quant à Lisa, je ne sais pas exactement, mais il me semble qu'elle habite du côté de la banlieue est.

C'est tout de même curieux de constater qu'on peut passer beaucoup de temps avec les autres et ne les connaître que bien peu. En fait, je sais pas mal de choses sur les filles du dortoir, sur leur personnalité, ce que je connais mal, c'est leur vie en dehors de l'internat. Elles ont des parents, des frères, des sœurs, des amis, une famille. Durant les vacances, elles vont dans des soirées, elles vont faire du surf, du ski. Mais tous ces gens, ces événements semblent lointains de notre vie d'internes.

Aujourd'hui, M. Lindell portait une de ces cravates-lacets, comme celles des shérifs dans les vieux westerns. C'était assez comique. Il est né au Canada. Il nous parle souvent des champs de blé ou d'autres détails de son pays. C'est un grand type avec des cheveux blond-roux. On dirait un peu un ours, et curieusement ses lunettes soulignent encore cet effet. Mais un gentil ours, avec une voix douce, aimable. Ça y est, j'ai trouvé à qui il me fait un peu penser (c'est *vraiment* bébête) : au professeur qui épouse Jo dans *Une épouse idéale*. Je parie que je suis la seule dans tout Warrington à avoir lu ce livre.

31 mars

Les vacances de Pâques avec ma grand-mère ont été mortelles. J'ai failli dire « silencieuses » ce qui serait un peu injuste, puisque c'est moi qui faisais le moins de bruit. Je la rends nerveuse. Et, comment lui en vouloir... je me rends nerveuse moi-même ! Quand elle est venue me chercher, j'ai bien cru qu'elle voulait me prendre dans ses bras mais elle s'est retenue. Heureusement, d'ailleurs — je n'aime pas beaucoup les contacts physiques. Elle a passé le plus clair de son temps à regarder la télé ou à s'affairer dans la maison. Elle a des habitudes très strictes avec la télévision : il y a certains programmes qu'elle doit absolument voir et la journée entière est construite en fonction d'eux. Ce sont essentiellement les informations, les jeux, ou émissions du même style, ainsi que tout ce qui a trait à la musique classique. Samedi soir, elle a vraiment été odieuse à cause de « ses ballets ». Mais je dois lui rendre cette justice, elle m'avait d'abord demandé si je voulais sortir. Je n'ai jamais eu envie de sortir, sauf un matin, très tôt, où je suis allée me promener dans le jardin en face de chez elle, à une heure où j'avais peu de chance de croiser qui que ce soit. Du reste, ce ne fut pas une réussite ; j'avais oublié tous les gens qui font leur jogging, ceux qui baladent leur chien, les employés municipaux, et tous les autres.

Dimanche soir, elle est allée chez une autre vieille dame, mais sans moi. Ce fut de loin ma meilleure soirée : enfin seule, moi qui en ai si peu l'occasion à l'école (et jamais à l'hôpital). Et malgré tout, c'est curieux, mais maintenant je déprime de me retrouver seule. Chose qui ne m'arrivait jamais auparavant.

Dimanche de Pâques, nous avons eu droit à la dinde et compagnie, ce qui me parut assez stupide étant donné que nous n'étions que toutes les deux. J'ai reçu aussi un gros œuf de Pâques. Et moi, durant tout le dîner, je n'avais qu'une seule idée en tête : mon père. Je me demandais avec obsession ce qu'il pouvait bien manger. Comme si c'était encore mon problème, après tout ce qu'il a fait, et ce qu'il m'a fait à moi.

Ma grand-mère a voulu me montrer encore une carte postale de ma mère de New York, mais j'ai refusé de la lire. Grand-Maman n'a pas insisté. Ce n'est pas une mauvaise femme. Elle veut bien faire, mais elle a du mal à affronter les situations qu'elle ne comprend pas et elle ne sait pas vraiment communiquer. Je suppose que c'est de famille.

Aujourd'hui, en classe de dessin, M. Ross nous a raconté qu'il y a des gens pour estimer que plus la douleur est grande, plus l'art est beau. Si c'est vrai, il devrait y avoir de sacrés artistes dans ma famille ! Il a dit : « Si vous aviez le choix entre être un génie qui souffre et un jardinier heureux, que choisiriez-vous ? » En ce qui me concerne ce n'est pas un choix, bien que je ne puisse pas imaginer être un jardinier heureux : je déteste le jardinage.

En ce moment, la chanson qu'on entend partout, qui est sur toutes les lèvres s'appelle *Fragments* :

Ma vie partait en lambeaux
Tandis que tu parlais
Tes yeux ne me voyaient déjà plus
Sourd à tes propres mensonges
Tu ignorais ce que tu me faisais
À moi.

Demain c'est le premier avril. Ça m'angoisse terriblement. Toutes les filles en parlent, elles fourmillent d'idées et de blagues à faire. Je déteste tout ce carnaval, si seulement on n'avait jamais inventé un truc pareil.

1er avril

Le premier avril est passé. Tant mieux. Ça a été moins dur que je ne le craignais. N'empêche, je suis bien contente qu'il soit passé. Les filles ont fait des trucs idiots : mettre des seaux d'eau au-dessus des portes, attacher deux chaussettes ensemble, cacher les chaussures des autres. Je déteste toutes ces bêtises. Ça me fait peur. C'est comme s'il n'y avait plus aucune règle, comme si tout était sens dessus dessous, comme si tout le monde devenait fou. Je pense qu'elles m'avaient réservé quelque chose, parce que, lorsque j'étais dans les douches, j'ai entendu Sophie dire : « Allez, vas-y ! », puis Emma lancer : « Non, ne fais pas ça, elle risque de s'affoler et tu auras des ennuis avec Graham. » Sophie a répondu : « Elle fait partie du dortoir, oui ou non? » Alors, Lisa est intervenue : « Ne fais rien. Fiche-lui la paix. Elle a confiance en nous, ne détruis pas tout. » Je suis à peu près sûre qu'elles ont continué à discuter mais en baissant la voix, passant de la discussion à la simple conversation.

J'espérais que Lisa avait gagné. Je suis restée anxieuse un bon bout de temps en sortant des douches, mais apparemment, elles n'avaient rien fait. En tout cas, j'étais touchée des paroles de Lisa et j'y ai pensé toute la journée. Je leur accorde, je crois, une certaine confiance (à Cathy et Lisa, à Ann et Emma, au moins) et pourtant, à mon arrivée ici, j'étais résolue à ne jamais avoir confiance en personne, à ne jamais leur laisser une chance de me connaître, à ne jamais avoir de relations avec qui que ce soit, à être distante et à le rester. J'ai réussi, je suppose, mais parfois réussir, c'est aussi perdre.

Ce que je ne saisis toujours pas, c'est ce qui peut faire dire à Lisa que j'ai confiance en elles – si c'est bien de moi qu'elles parlaient, naturellement? Je ne leur ai fourni aucune preuve. Comment peut-elle dire ça? Aurait-elle remarqué quelque chose que je n'ai pas vue?

2 avril

Hier soir, on nous a projeté *Les Aventuriers de l'arche perdue*. Je n'avais jamais vu ce film. Je devais être la seule. Presque au début du film, un homme empoigne un emblème chauffé au rouge, ignorant qu'il est brûlant et le dessin de l'emblème s'inscrit dans la chair de sa main... J'ai du mal à écrire ces mots... Je suis sortie en courant du bâtiment, j'ai traversé le jardin pour aller me cacher derrière un arbre. C'était horrible. J'espérais que personne ne m'avait vue partir. J'ai horreur de faire des scènes. Mais Cathy m'avait suivie. Elle m'a prise dans ses bras et m'a serrée très fort. Je tremblais, je me débattais, je tremblais. Elle pleurait ! J'ai senti avec stupeur les larmes salées rouler le long de ses joues dans l'obscurité. Je me suis dégagée et je me suis enfuie en courant vers le dortoir pour aller me cacher dans les douches où, comble de chance, la lumière était éteinte. Personne n'est venu. Au bout d'un moment, je me suis couchée. Mais je voyais encore sa main fumante, j'entendais le grésillement de sa peau et, pire que tout, je sentais l'odeur de chair brûlée. Ici, entre les murs de l'école, je la sentais.

Aujourd'hui encore j'ai peur, et ce souvenir continue de me donner le frisson. Mais pire que tout, je me sens tellement bête, tellement gênée que Cathy m'ait vue dans un état pareil.

3 avril

> *J'espère que tu vas mieux. C'était de l'inconscience de leur part de montrer ce film. Parfois, je ne les comprends pas. Quand tu es arrivée ici, on nous a dit de te ficher la paix, de ne t'imposer aucune obligation. C'est vraiment ce que tu veux ? J'imagine. Je me trompe ? J'ai l'impression que nous sommes un peu amies, et je ne veux pas te faire de chagrin. Ma lettre est un peu bête, pardon, mais je ne sais pas quoi t'écrire. Je me demande ce que tu penses de nous...*
>
> *Cathy*

Voilà le message que j'ai reçu hier soir. Décidément, elle s'obstine. Mais je l'aime bien. Et je ressens, parfois, une certaine envie de la connaître.

Mme Ransome, aussi, a entendu dire

que je m'étais enfuie de la projection. Ainsi, mon départ de la salle a fait plus de bruit que je ne le croyais. Elle a vaguement abordé le sujet mais, dans l'ensemble, la séance d'aujourd'hui s'est déroulée dans le silence. Je suis restée assise. Elle a tricoté. En réalité, elle a passé le plus clair de son temps à démêler la laine avec laquelle sa petite fille s'était amusée. Un vrai méli-mélo. La regarder a fini par m'agacer. Elle semblait tellement maladroite, j'avais l'impression que j'aurais réussi en un rien de temps.

4 avril

Ils sont rentrés de New York aujourd'hui. Mme Graham m'a dit qu'ils avaient téléphoné. Je ne sais pas quand ils viendront me voir. Je crois que je préférais quand ils étaient aux États-Unis.

5 avril

Mal. Mal. Mal. Tout va mal.

6 avril

Blanc. Blanc. La couleur des murs de mon jardin de craie.

7 avril

Dans mes rêves éveillés, tout part en lambeaux. Dans mon sommeil sans rêve, il n'y a pas de « tout », donc pas de « lambeaux ».

11 avril

Est-ce que je parle dans mon sommeil ?

13 avril

Cette nuit, j'ai rêvé que je me tenais sur une colline, un promontoire sombre, et des gens, que je ne connaissais pas, m'apportaient un énorme monstre marin tout blanc qu'ils avaient recueilli et sauvé de la noyade – tout mouillé, tout boursouflé et mort. Et cependant, au gré de mes caresses, lentement, il revenait à la vie, dégonflait, reprenait des couleurs, retrouvait sa chaleur. La vie refluait en lui. Après, nous sommes allés nous promener. Nous sommes arrivés à un lac où il a plongé puis, m'adressant comme un adieu, il s'est éloigné à la nage. J'étais triste de le voir partir mais je savais que c'était normal, qu'il lui fallait retrouver la vie et l'indépendance.

14 avril

Je suis de retour au dortoir, ce soir, après quelques jours à l'infirmerie. Je ne sais pas exactement pourquoi. Enfin, je suis ici pour le week-end et « on verra comment vous vous sentez lundi, si vous êtes d'attaque pour les cours ».

15 avril

Pendant mon séjour à l'infirmerie, j'ai entendu la surveillante parler avec une des profs – Mme Pearce, je crois – dans la pharmacie. Elle disait : « On n'aurait jamais dû l'admettre ici, à moins d'être décidé à trouver une solution pour l'aider. » Et Mme Pearce (me semble-t-il) de répondre : « Elle voit Hélène Ransome presque chaque jour. » Et la surveillante d'enchaîner : « Je ne vois pas vraiment en quoi Hélène peut aider quelqu'un. À votre avis, elle a fait des progrès ? » Et Mme Pearce : « Oui, je crois. Elle se déplace à l'école avec plus d'assurance. Elle semble plus détendue. On doit bien s'attendre à des rechutes comme celle-ci de temps à autre. Mais, l'idée était sans doute de la sortir du contexte hospitalier, où elle ne faisait aucun progrès, pour la mettre en contact avec des enfants normaux et voir si ça l'aiderait. » Et la surveillante de conclure : « Drôle d'idée, dans ce cas, de la mettre dans un dortoir avec Sophie Smith et Kate Mandeville. »

J'étais horrifiée. Jamais je n'aurais imaginé que des adultes puissent parler ainsi d'autres professeurs ou d'autres élèves.

16 avril

Cathy m'a apporté ce cahier à l'infirmerie durant mon séjour là-bas. Mon

Dieu, pourvu qu'elle ne l'ait pas lu. Je l'espère, je l'espère, je l'espère, je l'espère, je l'espère, je l'espère.

17 avril

Suis retournée aux cours aujourd'hui. Tout s'est bien passé. Nous avions dessin. J'ai parsemé ma feuille de papier de petites gouttes de peinture toutes de couleurs différentes, en donnant des chiquenaudes à mon pinceau. Le résultat n'était pas mal. En clignant à demi des yeux et en fixant le papier avec attention, les taches sc ramassaient en une sorte de... de planète.

Je ne vais pas très fort en ce moment, et je n'ai pas écrit grand-chose dans mon cahier. Je déteste ça. Si je commence quelque chose, je dois le faire à fond... et à la perfection. Je n'aurais peut-être jamais dû commencer ce cahier, pourtant je sens qu'il m'a fait du bien et j'avais certainement besoin de quelque chose.

J'ai complètement craqué la semaine dernière – c'est la raison pour laquelle je me suis retrouvée à l'infirmerie. Mais je ne sais pas pourquoi j'ai craqué.

Je suis incapable de décrire mes sentiments quand j'entre en dépression. Je sombre, je sombre, je sombre, je perds tout espoir de remonter à la surface. Tout ce qui était bien est mal. Le blanc devient gris. La musique se transforme en dictionnaire, le miel en bière, le ciel en jus de citron pâteux. Il n'y a plus de caramel.

Pourquoi est-ce que ça m'arrive à moi, pas aux autres ? Pourquoi est-ce que ça arrive, tout simplement ? Je peux trouver un tas de raisons pour déprimer. Ce ne sont pas les raisons qui manquent : le film *Les Aventuriers...*; le retour sur le même sol que moi de ma mère et mon beau-père ; le commentaire d'une fille de sixième sur mon visage (je ne l'écrirai pas dans ce cahier pour tout l'or du monde) ; ma peur de Sophie, sa cruauté envers moi, parfois ; la petite lettre que Cathy m'a envoyée ; mon inquiétude à l'égard de mon père, le fait que je n'ai aucune nouvelle de lui. (Qu'est-ce qui me prend ? Je ne *veux* plus entendre parler de lui. Sincèrement ?)

Pendant mon séjour à l'infirmerie, j'ai trouvé ce qui pourrait être la torture la pire au monde, la souffrance la plus abominable que quelqu'un puisse endurer : être assise sur une chaise à écouter les gens vous dire des choses gentilles, les écouter vous faire des compliments et se montrer bons et aimables envers vous. Voilà la pire des choses. Heureusement, il y a très peu de chances pour que ça m'arrive... un jour.

Aujourd'hui, en anglais, nous avons étudié un poème qui m'a assez plu :

Eussé-je un jour contemplé tant de
[beauté,
Si désirée, et possédée, ce ne fut de toi
[que le rêve.

Je me demande ce que ressentait cette femme, de voir qu'on écrivait de tels poèmes sur elle ? Elle en était peut-être ravie ? Ce fut un cours agréable dans une classe où je me sens plus à mon aise que n'importe où ailleurs, avec un prof en qui j'ai confiance, je crois. Même Sophie aime M. Lindell.

18 avril

Lisa a réorganisé le dortoir, ainsi nous partageons les corvées de façon plus équitable et nous changeons plus souvent. C'est mieux, mais je crois que ça agace

Sophie de voir Lisa prendre sans arrêt les choses en main. (Ce soir, je n'écrirai que des banalités.) Emma était censée aller chercher la collation, elle a oublié, donc nous n'avons rien à grignoter. Pour le cours d'histoire, nous avons deux chapitres à lire et une série de questions auxquelles répondre, alors pour une fois, tout est calme en étude – même Sophie, la plus bavarde en général, n'arrête pas de dire aux autres de se taire. Ce soir, Cathy a reçu un coup de téléphone qui l'a fait pleurer. Je ne sais pas pourquoi, en tout cas, elle en a parlé à Lisa qui a essayé de la consoler. Tant mieux. Au dîner, il y avait une sorte de soupe noirâtre qui avait un goût de produit pour astiquer les meubles, puis des côtelettes avec de la purée et des brocolis. Le pire, c'est la manière dont les choses sont cuites. D'habitude, on s'achète des trucs à l'annexe de la cantine pour survivre, mais cette semaine l'annexe a été fermée parce que l'école devient trop sale, il y a trop de papiers, de trucs qui traînent.

Avant l'étude, Ann a mis une chanson intitulée *Légendes d'une jeunesse perdue*. Je me demande si c'était une allusion. Bah, dans un sens, toutes les chansons le sont. En ce moment, Ann est dans le dortoir, occupée à faire ses exercices de violon. Elle joue magnifiquement. Aujourd'hui, Mme Ransome m'a dit que je devrais étudier un instrument de musique. Elle ne doit pas savoir qu'avant je jouais de la flûte. Ce serait trop étrange désormais – comme de parler sans voix. Mais, n'est-ce pas ça la musique pour finir, un ventriloque avec une poupée ?

Tracey a enfin eu ses règles, des années après les autres. Des mois, du moins. Emma a tourné l'événement à la blague, lui expliquant qu'elle était désormais une femme, etc., et elle lui a apporté une serviette de toilette roulée en boule affirmant que ce serait mieux qu'un tampon. C'était plutôt drôle, mais Tracey me tuerait si elle savait que j'en parle dans mon cahier.

D'ailleurs, je me demande ce dont les autres parlent ? Tous les soirs, Cathy noircit des pages et des pages. Certaines filles, comme Kate, n'ouvrent pratiquement jamais leur cahier. D'autres le montrent à tout le monde et font des échanges.

Il m'arrive de penser que Tracey est plus méchante avec moi qu'aucune autre fille du dortoir. Elle est parfois d'une cruauté dans ses actions que même

Sophie ne semble pas égaler. Est-ce parce que, moi mise à part, elle est au bas de la hiérarchie, résultat, je suis la seule à qui elle peut s'en prendre.

Aujourd'hui, Kate est de mauvaise humeur car elle a perdu un collier qu'elle aime énormément. Un des cabinets est bouché et, malgré le nombre de réclamations, personne n'est venu le réparer. Cet après-midi, Mme Graham a reculé avec sa voiture dans un camion de livraisons, puis elle a flanqué une colle à deux filles de cinquième qui avaient regardé la scène en riant. Sarah Venville, qui est sans doute la meilleure joueuse de tennis de l'école a été battue 6-2, 6-2, par Sarah Cassell.

Oui, comme je l'ai dit, ce ne sont que des banalités. Mais, au moins, je me suis remise à écrire dans mon cahier.

19 avril

Je déteste les sciences parce que chaque fois que Hardcastle prononce le mot « acide » une sorte de tension envahit la salle. Quelques filles me lancent un regard de biais, presque toutes les autres regardent délibérément dans la direction opposée, et même Hardcastle semble embarrassée. Ce n'est pas le mot qui me gêne mais la manière dont les autres réagissent, cela dit j'ignore quelle serait ma réaction si nous devions en utiliser pour une expérience.

Aujourd'hui, en anglais (bien entendu, je ne l'ai pas fait) nous avons dû raconter une émotion, un sentiment que nous n'avions jamais partagé avec la classe auparavant. À la fin, tous les devoirs ont été déposés au milieu de la pièce, on les a lus et on en a discuté – enfin, on n'a eu le temps d'en aborder que huit. Je dois avouer que, petit à petit, ce que lisait M. Lindell, ce que disaient les filles, m'a profondément intéressée. Surprise aussi. La plupart d'entre elles évoquaient leur solitude, elles racontaient à quel point il leur arrive de se sentir seules à l'école. Je n'imaginais même pas qu'elles puissent savoir de quoi il s'agit. Dans leur grande majorité, en tout cas. Deux filles ont exprimé leur dégoût devant toutes les vacheries, toutes les palabres sans fin, et une a dit sa peur des foules. J'ai observé tous les visages essayant de trouver qui c'était. Mais impossible de lire derrière ces masques habiles, ni de deviner ce qui se passait derrière ces sourires. Et pourtant, ainsi que je l'ai dit déjà, la sincérité avec laquelle les filles s'expriment en anglais fait tout le prix de ce cours.

20 avril

Hier dans le dortoir, les conversations se sont poursuivies au-delà de minuit et ce soir je suis fatiguée. Elles parlaient toutes des garçons dont elles sont amoureuses — sujet favori de ces demoiselles. Une copine de Sophie lui a donné le nom et l'adresse d'un type qu'elle connaît et qui est en prison — un type dangereux. Pour s'amuser, Sophie et Kate lui ont écrit une lettre. Il vient de leur répondre, leur annonçant qu'il leur rendrait visite à sa sortie de prison, dans deux mois! Quelles idiotes! Maintenant, elles ont vraiment la trouille. Lisa leur a suggéré d'aller tout expliquer à Mme Graham, mais l'idée ne les séduit pas trop. Je ne sais pas comment elles vont se tirer de ce mauvais pas. Leur inquiétude commence à me gagner. Elle m'imprègne lentement. Je vois l'ombre de cet homme se découper sur le plafond, le soir, après l'extinction des feux. Je me pose des questions sur le genre d'hommes auprès de qui mon père est obligé de vivre. Et quel genre d'homme devient-il lui-même ?

Lisa aime un garçon, Peter Fallon-White, qu'elle a rencontré à la plage – en réalité, je pense qu'elle a cette relation simplement pour donner le change. Pour avoir l'air de faire comme tout le monde. Ann dit qu'elle est amoureuse de quelqu'un dont elle ne veut pas donner le nom : si ça se trouve c'est du baratin. Cathy sort avec un garçon qu'elle a rencontré à une soirée peu avant Pâques. Je ne crois pas que Tracey sorte avec quelqu'un. Emma est entichée d'un garçon qui s'appelle Sam Nucifora et qui va à Saint-Patrick ; il lui écrit des lettres passionnées et lui téléphone sans arrêt.

Quant à moi, si un garçon s'intéressait à moi, il serait fatalement un peu bizarre. En plus, je serais paniquée d'avoir une relation quelconque avec un garçon. Et pourtant, il m'arrive de rêver mais, dans mes rêves, il ne s'agit pas réellement de moi. C'est trop compliqué. Le sexe est trop compliqué. Si seulement, on n'avait pas inventé ce truc-là. Il bousille toujours tout – comme la vie de ma mère, par exemple. Il est noir, dangereux, cependant il est puissant et il entraîne les gens vers lui. Même moi, malgré tout ce qui m'est arrivé, il fermente au plus profond de moi.

21 avril

Aujourd'hui, M. Lindell m'a rejointe alors que je marchais dans le couloir en direction du réfectoire. Je rasais le mur, selon mon habitude, mais il régla son pas sur le mien. « Ma femme et moi, me dit-il, serions très contents que tu viennes chez nous ce week-end. Nous serions très heureux, mais naturellement c'est toi qui décides. Si tu as envie de venir, attends-moi dehors, devant l'entrée, demain matin, après le sport, je te prendrai là et je te ramènerai dimanche après-midi. J'en ai déjà parlé à Mme Graham, et tout est arrangé avec elle. »

Ce fut tout ! Il m'effleura la tête, puis se dirigea vers la salle des professeurs, m'abandonnant là. Je ne savais pas quoi faire. Je ne sais pas quoi faire. Je veux y aller, mais j'ai peur, je me demande ce qu'ils attendent de moi. J'ai aperçu sa femme à deux ou trois reprises, je sais aussi qu'il a des petits enfants car il en a parlé en classe. Mais j'ai trop peur. Je crois que je n'irai pas.

23 avril

Bref, malgré ce que j'ai écrit vendredi soir, j'y suis allée ! Et j'ai passé un moment super ! Oui, j'étais contente. Ça me fait bizarre de l'écrire, mais je plane encore sur mon nuage, puisque je suis rentrée il y a quelques minutes à peine. Quel bon week-end ! Et ils sont si gentils ! Si gentils, si gentils, si gentils ! Comment font-ils pour être aussi gentils ? Mme Lindell est pleine de vie, très intelligente, très drôle. Elle parle environ six langues. Moi qui n'en parle aucune — pas même l'anglais ! Ils ont deux petits garçons, Stuart, sept ans, et Scott, cinq ans, et une petite fille, Anna qui a trois ans et qui est si adorable.

En voiture, M. Lindell m'a parlé d'eux afin que je sache à quoi m'en tenir. Mais, j'étais tout de même très intimidée à notre arrivée là-bas quand les enfants se sont précipités vers moi en me sautant dessus. Ils avaient l'air très excités d'avoir une visite. Ils voulaient savoir où j'allais dormir, si j'étais dans la classe de « papa », comment c'était d'être interne et plein d'autres choses. Mme Lindell les a écartés, les obligeant à se calmer. Elle leur a dit que je n'aimais pas parler, ils ont demandé : « Pourquoi ? », à quoi elle a répondu : « Elle n'aime pas, c'est tout » et ils ont compris que ce n'était pas la peine d'insister.

On a passé l'après-midi dehors à jouer tous ensemble à un jeu, sorte de mélange de cricket et de base-ball, qui se joue avec une assez grosse balle, et à plusieurs reprises quand la balle est venue de mon côté, je l'ai ramassée et relancée vers eux. Pas de quoi fouetter un chat ? Pour moi, si.

Ensuite, j'ai rejoint M. Lindell à la cuisine au moment du dîner. J'étais éberluée qu'il s'en occupe – qu'il prépare le dîner. Il m'a donné quelques légumes à couper et je l'ai aidé. Le repas était vraiment bon. Une question me trottait dans la tête : est-ce qu'ils mangent tous les jours comme ça, ou bien ils ont mis les petits plats dans les grands à cause de moi ? Nous avons commencé par une soupe maison de carottes à la menthe, suivie de veau aux champignons avec plusieurs légumes et, pour finir, un gâteau Forêt Noire que Mme Lindell avait fait, avec de la glace. C'était mon meilleur repas depuis longtemps. (Ma grand-mère ne cuisine pas mal, mais sans originalité. Quant à ma mère, c'est n'importe quoi... de toute façon, ils mangent souvent dehors.)

Ce qui m'a le plus étonnée, c'est la gentillesse de M. et Mme Lindell envers leurs enfants. C'était vraiment touchant. Décidément, j'ai joué de malchance : j'ai dû tirer la mauvaise famille.

Après le goûter — cet épisode est difficile à mettre noir sur blanc, je tremble un peu en écrivant — nous regardions la télé quand Anna, la petite fille, est venue s'asseoir sur mes genoux, se blottissant contre moi. Je ne savais pas quoi faire, j'étais tellement surprise, mais j'ai fini par passer un bras autour d'elle pour l'enlacer. Elle avait levé la tête et me regardait — elle semblait avoir envie de dormir — pourtant, l'instant suivant, elle avançait la main vers mon visage et touchant ma joue d'un doigt, elle disait : « Mal à figure, mal à figure. » Je me souviens que je suis devenue toute rouge et j'ai baissé le nez ; je ne sais quoi dans la manière dont elle avait prononcé ces mots semblait avoir brisé quelque chose en moi et j'ai compris que j'allais pleurer, qu'aucune force sur terre ne pourrait m'arrêter et, malgré mes violents efforts pour les refouler, mes larmes se mirent à couler le long de mon visage, et pire encore, des sanglots m'échappèrent – le son étrange de ma voix, je ne l'avais pas entendu depuis plus d'un an. Et je suis restée assise là, à pleurer, à lutter, à essayer de m'arrêter, mais les larmes roulèrent sur la peau d'Anna.

« Elle pleure, maman, elle pleure. »

Au bout d'un moment, M. Lindell est venu doucement la soulever et Mme Lindell a passé un bras autour de mes épaules. Ce geste m'a embarrassée encore davantage mais, dans un sens, ce fut une bonne chose car il m'a donné la force de m'arrêter.

« Pourquoi elle pleure papa ? » a demandé Anna à son père.

« Parce qu'elle n'est pas très heureuse, chérie », a-t-il répondu. Puis Stuart et Scott sont venus me donner une caresse et j'ai failli me remettre à pleurer. C'est une famille si gentille et si affectueuse – j'ai du mal à croire que ça existe.

Je suis allée me coucher en même temps que les enfants, j'étais trop timide pour rester debout plus tard. J'avais vraiment une jolie chambre, mais je suis longtemps restée sans pouvoir dormir, à réfléchir aux événements de la journée et surtout au moment où j'avais pleuré. Je ne savais pas que je pouvais toujours pleurer. J'étais persuadée que mes glandes lacrymales avaient été abîmées. J'ai dû rester ainsi des heures, complètement perdue, un vrai carrousel dans la tête, à me demander si, un jour, les choses auraient enfin un sens, un peu comme si j'observais la Voie lactée en souhaitant être astronome.

Ce matin, tout le monde s'est levé tard et les enfants sont restés en pyjama presque jusqu'à l'heure du déjeuner. Ambiance familiale. Anna m'a montré toutes ses poupées, ses ours, ses animaux en peluche, me parlant de chacun d'eux. Ça n'avait pas l'air de la troubler que je ne parle pas; elle a babillé pendant des heures. C'était bon. Comme il n'y avait personne d'autre avec nous, je n'ai pas cherché à disparaître ni à me terrer dans un coin selon mon habitude.

Anna semblait avoir en moi une confiance absolue.

J'aimerais, j'aimerais tant avoir une sœur.

Je devais retourner à l'école cet après-midi, mais les enfants ont dit qu'ils étaient si contents de m'avoir chez eux, que je devais rester à goûter, alors M. Lindell a téléphoné à Mme Graham et il a tout arrangé. À mon avis, ils ont agi ainsi par pure gentillesse, mais j'étais ravie car je n'avais aucune hâte de me retrouver face à la mesquinerie et aux querelles du dortoir. C'est là que je me trouve maintenant et je me réhabitue. M. Lindell m'a raccompagnée en voiture. Au moment de partir, Mme Lindell m'a embrassée, ainsi que les enfants, Anna surtout. Mme Lindell m'a glissé : « Ils t'aiment vraiment. »

Quand je suis arrivée, Sophie était en pleine bagarre avec Kate. Cathy était allongée sur son lit, la mine déconfite, et Ann râlait contre une colle, qu'on lui a flanquée parce qu'elle avait bavardé pendant la messe.

« Comment savent-elles que je ne parlais pas avec Dieu ? » vient-elle de s'exclamer à l'instant.

24 avril

Je suis remise de mon week-end, mais je reste encore perturbée, troublée par tout ce qui s'est passé — le fait que je me sois laissé aller, que j'ai pleuré. Je ne voulais pas pleurer ; enfin, j'imagine que c'est une bonne chose. Le docteur Harvey serait certainement de cet avis, en tout cas.

Les cours sont franchement rasoirs en ce moment. En histoire, on étudie le Moyen Âge : j'aime assez. En anglais, *Sa majesté des mouches** : je déteste. Ça me rappelle trop la vie en pension. En maths, on en est aux nombres irrationnels — berk ! Même si c'est gratifiant de réussir à trouver la solution. En sciences, c'est l'astronomie et tout le bataclan, et ça ne me passionne pas beaucoup. Ma flûte me manque quelquefois, alors qu'il m'arrivait d'en avoir franchement marre quand j'en jouais. Je dois t'avouer, cher cahier, à toi et à personne d'autre, qu'une des raisons pour lesquelles je n'ai pas repris ma flûte, c'est que je suis terrifiée à l'idée que mes lèvres aient été trop abîmées et que je ne puisse plus jouer comme avant. Je sais qu'il n'y a sans doute pas de problème mais, au fond de moi, gît cette pensée. Peut-être est-ce la raison pour

* De William Golding, romancier anglais né en 1911.

laquelle je ne parle plus non plus ? Qui sait ? C'est le temps des devinettes.

Dans mon lit, hier soir, je me suis demandé ce qui serait arrivé si j'avais changé de parents à ma naissance. J'aurais dû me langer toute seule et me déposer devant la porte des Lindell. Je suis sûre qu'ils auraient été des parents sympas. C'est idiot d'envier des enfants aussi jeunes que les leurs, n'empêche que je les envie. Oui, je les envie.

25 avril

Dans une semaine, le trimestre est fini. L'anniversaire de Cathy est dans quatre jours. Le mien, dans six semaines : j'aurai quinze ans. Il reste exactement huit mois d'ici à Noël. Aujourd'hui, c'est Anzac Day*, et Lisa et Rikki Martin ont dû aller à la messe je ne sais où, pour représenter les troisièmes. Je suis dans un état inhabituel d'énervement, de fébrilité. J'ai passé la séance avec

* *Anzac Day : Australian and New Zealand Army day*, commémoration de la bataille de Gallipoli durant la Première Guerre mondiale.

Mme Ransome à ouvrir et à fermer la fermeture Éclair de ma trousse ; j'ai dû la rendre folle, mais elle n'a fait aucune réflexion.

26 avril

Ce soir à l'appel, Mme Graham a découvert qu'une fille de cinquième, Sally Judge, avait disparu. Alerte générale ! Les surveillantes sont parties à sa recherche dans tous les azimuts mais elles ont très vite compris qu'elle s'était enfuie parce que son sac de voyage et certaines de ses affaires n'étaient plus là. Mme Graham en perdit complètement son sang-froid. Elle était sans doute partie après les cours de l'après-midi, sans que personne n'y prenne garde, à moins que ses camarades n'aient masqué sa disparition pendant la gym, le goûter et l'étude. Mme Graham a déclaré que toutes celles qui l'avaient aidée auraient de gros ennuis. Elle a longuement évoqué les dangers d'une fugue, soulignant que Sally avait pu être vendue pour la traite des Blanches ou louée aux Hell's Angels et autres horreurs. La seule chose que je me demandais, c'est pour quelle raison elle s'était enfuie, comme elle devait être malheureuse pour en arriver là, et pourquoi Mme Graham ne faisait aucune allusion à cette question, comme si elle ne l'intéressait pas. Mais plus encore, je me disais que j'aurais voulu la connaître, tout au moins l'avoir remarquée. Je me demandais si elle était comme moi, par exemple ? Il ne m'était jamais venu à l'idée que d'autres filles, ici, pouvaient être mal dans leur peau. Petits îlots de tristesse, à la dérive entre les murs sombres de l'école, se croisant parfois, se retrouvant par-ci, par-là. Elle, elle reviendra sans doute, alors je la regarderai, je m'interrogerai sur son compte, mais ce sera différent parce que tout le monde la regardera, elle sera sous les feux de la rampe. Je ne vois pas exactement ce que ça change, et pourtant.

Où peut-elle être ce soir, est-elle en sécurité, est-elle seule, a-t-elle froid, peur ? Est-ce qu'elle ne souhaiterait pas être rentrée ? Peut-être est-elle chez des amis ? Je suis allée à la chapelle un moment dire une sorte de prière pour elle (en réalité, je me suis assise et j'ai pensé à elle en souhaitant qu'elle aille bien).

27 avril

Aucune nouvelle de Sally Judge et déjà, après la poussée de fièvre d'hier et de ce matin, tout le monde donne l'impression d'oublier. Enfin, oublier pas vraiment, mais on n'y pense plus autant, on en parle moins. Emma dit qu'elle s'est enfuie parce que sa famille doit partir s'installer aux États-Unis et qu'elle ne veut pas y aller, mais je ne sais pas d'où elle sort cette information.

À peine ai-je écrit ces lignes que Mlle Curzon, la surveillante des dortoirs, est venue nous dire que Sally était retrouvée — elle a réapparu chez sa grand-mère, quelque part à la campagne. C'est tout ce qu'elle nous a dit, malgré une avalanche de questions. Quel soulagement ! Je suis contente qu'elle aille bien, ce qui m'inquiète ce sont les ennuis qu'elle risque à son retour à l'école. Si on l'autorise à revenir. J'espère bien que oui.

Encore vingt minutes avant la fin de l'étude, je ne sais plus quoi écrire. Sophie chantonne le même refrain depuis le début de l'heure, mettant tout le monde à cran. Lisa est complètement à côté de ses pompes, elle raconte des blagues idiotes, éclatant de rire à tout bout de champ, comme une hystérique. Cathy écrit à son petit ami sous la dictée de Kate, dont toutes les propositions sont totalement pornographiques. Voilà que Sophie s'en reprend à moi. Je crois que c'est son dada quand elle s'ennuie. Comme si elle passait de ses devoirs à la lecture d'un livre, puis à moi ou à l'écriture d'une lettre. Je fais partie de ses jouets. La seule chose à faire, c'est garder la tête baissée et continuer à écrire comme si je m'en fichais éperdument. Nom de Dieu, elle me demande pourquoi je ne parle pas. Mais merde ! Je n'en sais rien, moi ! Alors tais-toi, tais-toi, tais-toi !

28 avril

Mme Graham m'a dit que ma mère viendrait me chercher mardi après-midi pour les vacances scolaires. Elle était pressée, elle ne m'a rien dit d'autre, je n'en sais donc pas davantage, mais je m'attends à passer toutes mes vacances chez ma mère. Faudra-t-il aussi que j'aille à l'hôpital ?

Ann part au Japon pour les vacances.

Demain c'est l'anniversaire de Cathy.

Je ne sais pas quoi faire. D'ailleurs, je ne sais pas si je dois faire quelque chose, mais elle est tellement gentille avec moi et j'ai tant d'admiration pour elle. Hier soir, par exemple, elle a dû sentir que j'étais bouleversée après l'étude, eh bien, elle m'a apporté une tasse de lait chaud au moment où j'allais me coucher. Il s'écoule des semaines, parfois, sans qu'aucune fille n'ait l'air de s'intéresser à moi, puis brusquement, Cathy apparaît, elle a un geste de ce genre, alors j'ai l'impression de me briser comme du verre, après quoi j'essaie de rassembler les pièces, de les faire rentrer dans le nouveau plan — tout se reconstruit toujours selon une ligne légèrement différente.

29 avril

Hourra, j'ai réussi! J'ai réussi! J'ai offert à Cathy une carte et un cadeau fait de mes mains. Je les lui ai donnés après le goûter, à la suite de quoi j'ai couru me cacher en tremblant sous mon arbre pendant une demi-heure. C'est un exploit pour quelqu'un qui n'a pas osé ce genre de geste depuis plus d'une année! Le cadeau était bien peu de chose : un petit animal (il ressemble à un wombat) fabriqué avec des graines, des noisettes, un tas de trucs ramassés dans le jardin, ce matin. J'avais vu des malades faire des objets de ce genre en atelier thérapeutique. Le plus difficile fut de le lui donner. Mon intention première était de le déposer sur son lit, mais je me suis forcée à m'approcher d'elle, à le lui tendre afin qu'elle le prenne. Puis, je me suis enfuie sans attendre de voir sa réaction.

J'ai oublié de dire aussi que ce matin, après la gym, M. Lindell est venu m'apporter des petits gâteaux que sa femme avait envoyés. N'est-ce pas trop gentil ?

Une autre chose encore, aujourd'hui, Sally Judge est revenue. Je l'ai observée durant le goûter. Elle semblait très calme, un peu pâle, même si elle a ri à plusieurs reprises avec les amies qui l'entouraient. Je lui ai trouvé un air sympathique. Elle est très jolie. Ce soir, à l'appel, Mme Graham a déclaré que c'était égoïste de sa part de s'être enfuie. C'est une position complètement stupide, à mon avis.

Et me voilà, assise à mon bureau, en

train d'écrire dans mon cahier, de manger les gâteaux de Mme Lindell et sur le point d'aller voir un film. On peut dire que la journée a été bonne !

9 h 15 du soir

À la sortie du film, Lisa s'est approchée de moi, elle a passé un bras autour de mes épaules, tandis que nous marchions côte à côte et elle a dit quelque chose comme : « C'était charmant le petit animal que tu as donné à Cathy. J'ai lu ta carte aussi – ça ne t'ennuie pas au moins ? »

J'aurais voulu disparaître au milieu des étoiles de la voûte céleste tellement j'étais embarrassée, je m'éteignais à petit feu même si mes pieds, eux, continuaient d'avancer. Et, Lisa enchaîna : « Cathy a pleuré quand elle l'a ouvert, tu le savais ? »

Non. Et je ne suis pas certaine que j'avais envie de le savoir. Quand elle a ouvert quoi – le cadeau ou la carte ? Lisa ne l'a pas dit, et je ne suis toujours pas sûre. Sur la carte, j'avais tout simple-

ment écrit : « Je te souhaite un heureux anniversaire et beaucoup d'amour. »
Quelle journée! Je vais me coucher.

30 avril

Toute la journée, je me suis sentie à la fois terrorisée, effrayée par tout le monde tout en recherchant la compagnie des autres – j'ai une trouille bleue des vacances qui approchent. Je préférerais rester ici plutôt que de me retrouver à la maison avec ma mère et mon beau-père. Je ne veux pas dire que j'aime cet endroit – je ne l'aime pas – mais il y a pire et il règne ici, dans l'ensemble, un esprit de camaraderie qui finit par vous gagner. C'est nettement mieux que le clapier monumental où vit ma mère.

Dans l'après-midi, Cathy m'a donné ce billet. Elle l'a posé dans ma main, je l'ai pris et je me suis enfuie aussi vite que j'ai pu pour aller le lire.

> *Merci pour le cadeau et la carte. J'ai été profondément touchée que tu me les offres, parce qu'aucune de nous n'arrive à savoir si tu nous aimes ou*

pas. Cependant ces jours-ci, tu sembles plus heureuse : nous l'avons toutes remarqué.

J'aimerais t'offrir ce poème, je l'ai écrit à cause de toi, il y a environ un mois. J'espère qu'il te plaira et qu'il ne te fera ni chagrin ni peine.

Blême et glacée tu es passée devant moi ;
J'aurais voulu connaître tes pensées,
J'ai attendu au fil des jours
Que tu déposes ton armure.
La glace, je croyais, fond aisément à la
[chaleur,
Mais il y a tant de choses que j'ignore :
Si le soleil effleure le vernis
Il n'atteint pas la neige profonde.
L'hiver peut durer des années
L'été peut sembler trop lointain,
Mais, après l'hiver, l'été vient toujours
Aussi sûrement que la nuit suit le jour.

Il y a une question que je me pose. Est-ce que ma mère rendra un jour visite à mon père ? Est-ce que mon père reçoit des visites ? Est-ce que j'irai rendre visite à mon père ?

1er mai

Demain, c'est la fin du trimestre. Le temps a passé si vite. Ce soir, personne ne travaille. Tout le monde fait ses bagages et l'effervescence est à son comble, on pouffe de rire, on se chamaille. Une vraie volière.

Cathy va à la campagne dans la ferme familiale, emportant avec elle sa bonne nature, douce comme le miel. Emma rentre à Hong-Kong et j'en suis bien contente pour elle. Je suppose que Lisa, aussi, va chez elle. Je ne sais pas, elle est si secrète. Tracey part pour le paradis des surfers avec ses parents. Kate va passer la première semaine chez Sophie et Ann va au Japon comme je l'ai déjà dit.

Tout à l'heure, au dortoir, Cathy s'est approchée de moi, pendant que je préparais mes affaires et elle m'a demandé : « Où vas-tu pour les vacances ? » Elle avait l'air très énervée. Naturellement, je n'ai pas répondu, je me suis détournée et j'ai continué à plier mes affaires, sachant à peine ce que je faisais. J'étais au bord des larmes, mais j'ai réussi à me dominer et elle n'a rien vu. C'était justement ce que je voulais : qu'on me plaigne, parce que je vais chez ma mère. J'espère que je ne l'ai pas vexée, qu'elle ne s'est pas imaginé que je la snobais ou quelque chose dans ce genre.

Je crois que je vais emporter mon cahier avec moi.

Je me demande qui doit venir me chercher demain, à quelle heure et autres détails pratiques. Ça m'angoisse – c'est vrai, j'aimerais être au courant. Mme Graham ne m'a rien dit.

Je ne me sens pas très bien. Je sens que quelque chose couve depuis quelques jours. Je devrais aller à l'infirmerie, mais quelle explication donnerais-je à la surveillante ? Je ferais mieux de me coucher.

5 mai

Aujourd'hui, je suis allée me balader en ville. C'est la première fois depuis le début des vacances, sans compter le premier jour où ma grand-mère m'a emmenée goûter dans son salon de thé favori. Donc je suis sortie. J'ai essayé de marcher normalement de façon à ne pas trop attirer les regards, et très vite je me suis retrouvée dans une rue du quartier Est de la ville, qui m'a parue vaguement familière. Je ne sais toujours pas le nom de cette rue ; je ne connais pas très bien la ville. J'ai mis quelques instants à comprendre pourquoi le quartier me semblait familier : je me trouvais devant l'immeuble de la Chambre des affaires familiales. C'est là que tout a commencé. Enfin, tout. Pas vraiment, mais c'est là, dans cet énorme bâtiment en verre que les choses se sont jouées, que le juge a pris une décision qui a fait complètement perdre la tête à mon père. J'ai failli tourner de l'œil de me retrouver là-devant. Et une fois de plus, je me suis demandé quelle était ma part de responsabilité, quelle avait été l'influence de tout ce que j'avais raconté au juge, sur cette affaire. À cette époque-là de ma vie, je n'aimais guère mon père.

Voir ce bâtiment m'a tellement bouleversée que j'en ai abandonné ma promenade pour rentrer à la maison. Je suis bien contente d'avoir emporté mon cahier. Mais c'est difficile d'écrire ici : l'endroit ne convient pas. Ma mère m'ignore. Je crois qu'elle est profondément déçue que je ne parle toujours pas, après un trimestre à Warrington. Du coup, elle ne s'intéresse plus à moi.

6 mai

Ils sont tous là aujourd'hui. La maison est surpeuplée. Alors, je me terre ici (dans ma chambre), je ne fais rien de particulier, je reste invisible. J'aimerais tellement retourner chez les Lindell. Il faut absolument que je leur écrive, je n'ai jamais remercié Mme Lindell. Et, si j'envoyais un cadeau à Anna ?

7 mai

Mon Dieu, que je déteste être ici ! Je préférerais être morte. Je passe mon temps à imaginer des manières de me tuer. Mardi, j'ai rendez-vous avec le docteur Harvey. Il va peut-être me reprendre. Je sais que je ne fais pas beaucoup de progrès en ce moment. Je m'en fous... Même l'hôpital, ce serait toujours mieux qu'ici.

8 mai

Ô joie ! Ô bonheur ! Aujourd'hui, il m'est arrivé une chose merveilleuse. Une lettre de Cathy! Qu'est-ce qui lui prend? Quand ma mère m'a donné la lettre, mes yeux se sont arrondis comme des billes et mon visage a frémi sous le choc. Comment cette fille a-t-elle réussi à se procurer mon adresse? Elle a sans doute pitié de moi. Quelle folle! Cette lettre a désormais sa place dans mon cahier :

« Moonibah »
Tregonning
4 mai.

Chère amie à la voix silencieuse,

Salut! Comment vas-tu? Je suis assise dans un petit jardin derrière la maison, je t'écris au soleil de l'après-midi. Il y a deux jours que je suis ici et, jusqu'à présent, j'ai occupé mon temps à dormir, à dormir, à reconquérir mon cheval et à dormir. Les meilleurs moments ont été ceux que j'ai passés à regagner l'amitié de mon cheval. En fait, chaque instant est bon. Les premiers jours de vacances sont toujours agréables parce que tout le monde est content de se voir, et il y a le plaisir de tout redécouvrir, de constater des petits changements.

Voici les petits changements que j'ai remarqués : dans la salle de bains, il y a une nouvelle tapisserie, très jolie, avec des arbres, des oiseaux exotiques et des fleurs sur un fond crème. Ça donne à la pièce un aspect frais et gai, même si, d'après papa, on aurait plutôt dû choisir un motif avec des feuilles d'eucalyptus. Le boucher préféré de maman est fermé, alors elle est obligée d'aller chez un autre boucher dont elle n'est pas très satisfaite. Mon père a une nouvelle machine agricole, presque aussi grande que le paddock, énorme ; à l'intérieur il y a un lecteur de cassettes, et il peut enfin écouter ses Beatles en paix. Quoi d'autre ? La coiffeuse de la ville est enceinte (scandaleux) sans être mariée.

Mon petit frère a grandi d'environ trente centimètres... J'exagère à peine...

Quel bonheur de pouvoir s'asseoir à table avec mes parents, de parler avec eux ! J'ai tant de chance — c'est si facile de leur parler, ils ont toujours l'air de comprendre. Ils me manquent tellement à l'école. J'ai parlé de toi à maman et elle m'a dit que tu devrais venir chez nous. Est-ce que ça te plairait ? Je ne sais jamais si je dois insister ou pas. J'ai bien peur de t'avoir agressée le dernier soir du trimestre, quand j'ai voulu te parler. J'en suis désolée.

Bon, il vaut mieux que j'arrête. J'espère que tu vas bien. À bientôt. Je t'embrasse très fort.

Cathy

12 mai

Ce soir, j'ai enfin répondu à Cathy. Je lui ai simplement écrit ceci :

Chère Cathy,

Merci beaucoup pour ta lettre. Je suis désolée de ne pas t'avoir répondu plus vite, mais je suis retournée à l'hôpital depuis trois jours. On m'a admise mercredi. Je ne crois pas qu'on me laissera revenir à l'école au prochain trimestre, parce que je n'ai pas recommencé à parler ni je ne sais quoi encore, que j'étais censée faire, aussi je vais sans doute rester ici. Ta lettre était si gentille, c'est la meilleure chose qui me soit arrivée de toutes les vacances.

J'ai mis un temps fou à l'écrire. Maintenant, il faut que je me débrouille pour trouver un timbre. Auprès de sœur Dass, j'imagine. Je ne sais pas quelle filière on doit suivre pour le courrier. Je n'avais jamais écrit avant.

13 mai

Ce n'est pas bien d'être revenue ici. Je n'en suis pas fière. Je croyais que j'avais fait des progrès – jusqu'aux vacances, en tout cas. Pas des pas de géant, mais des progrès. Il n'y a pratiquement aucune connaissance de mon dernier séjour – sauf le personnel, naturellement.

C'est difficile de trouver quelques minutes d'intimité, ne serait-ce que pour écrire dans ce cahier.

Tout le monde semble accorder une priorité absolue au fait que je parle ou non. Pourquoi est-ce si important ? Je ne comprends pas. Les mots me semblent causer tant de malentendus. « Quand tu gardes la bouche ouverte, tu n'apprends rien. » Je ne parle pas beaucoup (même, je ne dis rien), mais j'observe un maximum.

Je me demande si *lui* et ma mère m'ont fait entrer ici pour se débarrasser de moi ?

14 mai

Le docteur Harvey a entendu parler de mon cahier et il veut le lire. *Pour rien au monde*. Je préfère le brûler plutôt qu'il le lise.

15 mai

Voici le texte définitif de la lettre que j'ai envoyée aujourd'hui à M. Lindell :

> *Cher monsieur Lindell,*
>
> *Je vous écris parce que vous êtes la seule personne qui puisse m'aider.*
>
> *On m'a renvoyée ici, à l'hôpital, depuis la semaine dernière et il paraît que je ne retournerai peut-être pas à l'école parce que les médecins estiment que je n'ai fait aucun progrès.*
>
> *Monsieur Lindell, je veux rentrer à l'école comme les autres au début du trimestre, la semaine prochaine. Je pense qu'il n'y a pas de meilleur endroit pour moi. Je sais que je ne parle pas, mais j'ai d'autres voix pour m'exprimer, mon cahier, par exemple. Je me suis mise à aimer Warrington et, si je n'y retourne pas, que vais-je devenir?*

Je suis désolée de vous importuner mais j'ai besoin qu'on m'aide.

16 mai

Je n'aurais jamais cru que je pleurerais dans cet hôpital, et c'est pourtant ce qui est arrivé. Une infirmière s'est avancée vers moi avec un énorme bouquet de fleurs entouré de papier cellophane. Elle me les a tendues, je ne comprenais pas pourquoi. Peu à peu, j'ai compris qu'elles étaient pour moi. Je les ai emportées dans ma chambre. Heureusement, il n'y avait personne. Elles venaient de Cathy. J'ai enfoui mon visage dans le bouquet et j'ai pleuré, pleuré. Elle a même écrit à la directrice à mon sujet.

Rétablis-toi vite. J'espère que tu seras à l'école la semaine prochaine. Gros baisers de Cathy et de toute la famille Preshill.

P.-S. : J'espère que tu ne m'en voudras pas, j'ai écrit au docteur Whiteley pour lui dire que je pensais que tu devais revenir à l'école.

18 mai

M. Lindell est ici ! Je viens de l'apercevoir dans le couloir avec le docteur Harvey. Il était assez loin, mais il m'a vue et il m'a fait un signe. J'en suis restée bouche bée puis je lui ai souri. Sœur Dass m'a croisée à ce moment-là et elle s'en est presque évanouie.

« Je ne savais pas que tu pouvais sourire », m'a-t-elle dit.

Pour être franche, moi non plus. Mais qu'est-ce qu'il fait ici ? Qu'est-ce qui se passe ? Je meurs de curiosité !

5 heures de l'après-midi

M. Lindell est reparti, mais il est venu me voir et me parler. Il m'a avoué qu'avant de venir à l'hôpital, il avait téléphoné à ma mère. Il a dit que tout était arrangé, que je rentrais à la maison demain et mardi à l'école. Il m'a embrassée et je me suis remise à pleurer. Ensuite, j'ai eu la visite du docteur Harvey (il vient de me quitter) qui m'a annoncé que pour finir je faisais plus de progrès qu'il ne l'avait cru tout d'abord et que je pouvais continuer d'aller à l'école. Ce ne fut pas une journée particulière mais la petite phrase du docteur Harvey, oui.

24 mai

Et voilà, je suis en étude. On est rentrée il y a tout juste vingt-quatre heures. Quand j'ai vu les cochonneries qu'on nous a servies au goûter, j'ai pensé : « Dire que je suis revenue pour ça ! » Et maintenant que je suis face à une longue et assommante heure d'étude, je sais que c'était de la folie. Mais, bref, je suis là. Et tout le monde est sympa. Même Sophie. Elle m'a adressé une sorte de grimace à mon arrivée, hier soir en lançant : « Salut, Marcel ! » Marcel ? oui, Marcel Marceau, le mime français j'imagine. Je me souviens, au trimestre dernier, elle avait raconté qu'on l'avait emmenée à une représentation de Marcel Marceau à Noël et qu'elle avait laissé échapper un énorme pet au beau milieu de tant de silence.

Cathy est revenue juste après moi. Sa mère l'accompagnait, elle l'avait ramenée en voiture. Elles avaient un tas de bagages, de la nourriture, des nounours et j'en passe.

C'était bon de revoir Cathy. Je n'ai pas pu m'empêcher de lui sourire et ça a eu l'air de lui faire vraiment plaisir. Elle m'a présentée à sa mère, qui a été très gentille et m'a invitée à venir chez eux aux prochaines vacances scolaires. Je me suis contentée de rougir, de sourire et de regarder ailleurs. Je crois bien que j'en ai eu les larmes aux yeux. Est-ce qu'elle était sincère — pour l'invitation?

Puis, Lisa. Aujourd'hui, après les cours, je me trouvais toute seule dans le dortoir quand elle est entrée. Elle s'est arrêtée près de mon lit et elle a dit : « Ça va? Tu n'as besoin de rien? » J'ai hoché la tête, alors elle a souri en ajoutant : « Je voulais simplement te dire que je suis contente que tu sois revenue, c'est tout. »

Un jour, je lui raconterai à quel point j'ai été malheureuse, le jour où elle pleurait et où je n'ai rien fait pour elle.

Quel soulagement d'avoir quitté ma mère et mon beau-père! Les derniers jours de vacances chez eux ont été insupportables. J'étais tellement à cran chaque fois que je les approchais, c'était comme si je touchais les résistances brûlantes d'un radiateur. J'en étais arrivée à souhaiter (j'ai honte de l'avouer) que mon père ait su mieux viser et qu'il l'ait atteinte elle, comme il l'avait prévu, et non pas moi. J'essayais d'imaginer ma mère s'enfuyant hurlante et trébuchante, et l'aspect que son précieux visage aurait aujourd'hui.

Je ne sais toujours pas quelle attitude avoir à son égard – je parle de mon père. Je ne pense pas que j'arriverai un jour à aller le voir. Je songe parfois à lui écrire. Je n'ai pas l'impression que quelqu'un d'autre le fasse. Il y a deux jours, à la maison, je lisais dans le journal un article à propos d'un type, condamné pour crime sexuel sur des petits enfants, et on disait dans cet article que les gens qui ont blessé des enfants sont très mal traités, en prison, par les autres détenus. Je suis allée vomir dans les toilettes. Je ne supporte pas de l'imaginer là-bas tout seul, subissant une punition si terrible, et au bord du désespoir. Personne ne l'a jamais compris, ma mère moins que quiconque. Il a perdu les pédales parce qu'il avait travaillé très dur pour avoir tout ce qu'il avait et, brusquement, elle allait le dépouiller de tout et tout emporter, comme ça, sans se retourner. Jamais il n'aurait pu l'accepter. Il se serait révolté. Il était trop fier; c'est ce qu'elle n'a jamais réussi à comprendre. Jamais il n'aurait voulu me blesser, pas de cette façon. Bien sûr, il s'est souvent emporté contre moi, il m'a grondée, mais uniquement quand il était très fâché et, en général, j'avais provoqué sa colère par ma paresse, ma grossièreté et j'en passe. Je sais bien qu'il n'était pas vraiment le père idéal — et malgré tout, il me manque. Et si j'allais voir le juge et que je lui demande de le libérer. Si c'était moi qui le demandais, ils seraient bien obligés d'y réfléchir.

25 mai

Hier soir, Kate s'est lancée dans le récit détaillé de ses vacances. Elle a raconté qu'elle avait perdu sa virginité un soir de surboum car elle était trop ivre pour se défendre. Je ne sais jamais si je dois la croire. Emma a un appareil dentaire : on dirait qu'elle a passé la moitié de ses vacances chez l'orthodontiste. Ann n'est toujours pas rentrée du Japon.

À l'instant où j'écris, Kate se dispute

avec Lisa parce qu'en tant que capitaine de l'équipe de netball* Lisa l'a inscrite dans l'équipe de samedi et que Kate veut sortir. Je ne sais pas pourquoi elles font tout ce raffut : de toute façon c'est le docteur Thorley, l'entraîneur, qui décidera. Emma n'adresse plus la parole à Sophie parce que d'après elle Sophie lui doit de l'argent depuis le trimestre dernier, mais Sophie affirme le lui avoir rendu. Tracey est furieuse contre moi depuis ce matin parce qu'à l'entendre, je suis restée trop longtemps sous la douche et j'ai utilisé toute l'eau chaude.

Voilà donc où je me trouve, en cette soirée du 25 mai, à onze jours de mon quinzième anniversaire, assise dans la salle d'étude de la classe de troisième du dortoir B à Warrington. C'est bien là que je voulais être. Aujourd'hui, ce fut une journée pourrie. Demain, ce sera peut-être pareil ou pire. Ou mieux. Quelles que soient les conséquences, c'est mon choix et je peux y faire face. Je sais que j'ai eu raison. C'est ce que je devais faire. Le chemin est long du sommeil au rêve. Mais il me reste une chance. C'est exactement ce que M. Lindell a dit aujourd'hui,

* Netball : basket-ball féminin.

en classe : « Plus sombre est la nuit, plus lumineuse est la bougie. »

Un jour, je m'avancerai vers lui et je parlerai pour de bon, à voix haute et je dirai... je ne sais pas... qu'est-ce que je dirai ? J'y pense souvent... « La pluie en Espagne tombe surtout en montagne... », « C'est un pauvre petit progrès pour l'homme... », « Ma grand-mère vend des fruits de mer... » Je n'en sais rien. Sans doute quelque chose de banal comme : « Je n'ai pas appris ma leçon, monsieur. »

J'imagine souvent l'expression de son visage.

Je retourne chez les Lindell ce week-end. Il me l'a proposé aujourd'hui.

C'est l'heure d'aller au lit. Extinction des feux dans une minute.

29 mai

Le plus curieux avec un visage, c'est l'importance que peut faire une différence. Par exemple, un jour en se regardant dans la glace, on se dit : « Ouais, c'est moi, c'est mon visage. » Et puis, vient cet autre jour où on sort de sa chambre à pas de loup, pendant que les infirmières boivent leur thé, où on va aux toilettes, on y entre et on se regarde dans la glace (les mains sur les yeux on se regarde à travers les doigts) et on se dit : « C'est pas moi, ce n'est pas mon visage. » Ainsi je n'existe qu'à travers mon visage, c'est *tout* ce que je suis ? J'ignore la réponse à cette question. Ce que je sais, en revanche, c'est que parce que mon visage a changé, je ne suis plus la même personne qu'avant. Je suis une autre. Je ne sais pas qui, mais une autre. J'ai essayé de me persuader que l'important, c'est ce qu'on est à l'intérieur de soi, mais ça n'a servi à rien parce que je sais qu'à l'intérieur aussi, j'ai changé.

Et même dans le cas contraire... car enfin, si mon gros orteil avait radicalement changé, ou mes genoux ou mes fesses, j'en aurais sans doute du chagrin, mais je serais toujours la même personne, n'est-ce pas ? Mais ce n'est pas vrai de mon visage. Parce que mon visage est différent, la personne que j'étais autrefois est perdue, elle a disparu pour toujours. Elle me manque mais elle s'est évanouie comme un fantôme, elle est retournée dans le monde des fantômes et elle ne reviendra plus jamais, jamais.

30 mai

J'ai passé un bon week-end chez les Lindell. Je n'étais pas trop nerveuse. La première fois, c'était très excitant parce que c'était tout beau tout nouveau, cette fois-ci ce le fut moins mais j'ai eu le sentiment agréable de revenir en terrain connu. Ce fut une telle joie de revoir Anna — Mon Dieu qu'elle est gentille ! J'espère que personne jamais ne lui fera de mal ou ne détruira sa fraîcheur. Ça arrivera forcément, mais il faudra d'abord me passer sur le corps. Je serais capable de tuer quiconque lui ferait du mal.

Samedi matin, nous sommes allés faire des courses et M. et Mme Lindell m'ont laissée seule avec Anna, le temps d'emmener les garçons au supermarché acheter différentes choses. Oui, ils me l'ont confiée ! Sacré risque, ai-je pensé — qu'est-ce que j'aurais fait s'il y avait eu un problème ? En même temps, j'étais drôlement fière qu'ils me fassent cette confiance. Nous avons regardé les vitrines en les attendant, Anna parlait sans arrêt comme d'habitude.

Puis, brusquement, sans prévenir, ce fut la crise. Nous étions devant une boutique d'animaux, il y avait des cages partout, en vitrine, sur le trottoir, peuplées d'animaux et d'oiseaux. Je croyais que ça l'amuserait de regarder les jeunes chats, les chiots et les autres — en général, les petits enfants aiment bien. Mais Anna, non. D'abord, elle n'a pas supporté qu'ils soient en cage. Ensuite elle a décidé qu'un des chiots était malade. Avant même que je réagisse, elle était entrée dans la boutique et elle entraînait la marchande dehors pour qu'elle jette un œil. Il faut avouer que la pauvre petite bête n'avait pas l'air dans son assiette, il tremblait tout seul dans son coin. Mais à mon humble avis, il avait simplement mal à un pied ou à la mâchoire. Bref, j'étais plantée là, très gênée, je m'attendais à ce que la dame se fâche contre Anna ou moi ou les deux. Mais non. Elle se contenta de dire : « Ouais, il n'a pas l'air bien » et elle le sortit de sa cage. Naturellement, Anna voulut le caresser. Elle estimait sans doute en avoir le droit puisque, à ses yeux, elle venait de lui sauver la vie, mais la dame a répondu : « Vaut mieux pas, mon chou », elle l'a emporté dans sa boutique et ce fut tout. Donc, je suppose qu'il ne s'agit pas réellement d'une crise, ainsi que je l'ai cru à ce moment-là. Mais ce qui m'a le plus étonnée dans cet épisode, c'est la candeur et la sincérité d'Anna. Les petits enfants sont vraiment incroyables.

Après notre départ, la femme a sans doute remis le chien dans sa cage à moins qu'elle ne l'ait balancé dans leur crématoire personnel, mais je ne pense pas que ce genre de pensée ait eu la moindre chance de traverser l'esprit d'Anna. Elle fait systématiquement confiance aux autres et à ses yeux tout le monde est gentil.

Dimanche, nous sommes allés en pique-nique — à environ une heure de route dans la montagne. C'était chouette, chouette, chouette. Stuart s'est fait un sandwich avec de la mousse au chocolat et du beurre de cacahuète, puis il s'est disputé avec Scott et il l'a barbouillé de son sandwich pendant que ses parents observaient un arbre à l'autre bout du parc.

Après le déjeuner, les deux garçons ont fait un concours de crachats : chacun devait cracher à la figure de l'autre sans que celui-ci ne cligne de l'œil. Plutôt immonde, non ? J'avoue que c'était drôle. Ils sont vraiment sympas, mais les garçons sont franchement dégoûtants quelquefois.

Mme Lindell trouve que j'ai l'air d'aller mieux. C'est possible. Je suppose que j'ai dû sourire plusieurs fois durant le week-end. Elle m'a fait des biscuits que j'ai rapportés ici avec moi.

31 mai

Sophie est tombée d'un arbre hier au soir, elle s'est foulé la cheville et ouvert le crâne. Alors maintenant elle boite, elle a la tête entourée d'un bandage et les filles l'ont baptisée « la louve boiteuse ».

2 juin

Encore un week-end à Warrington. Une vague d'ennui s'est abattue sur l'école. Ce soir, toutes les filles soupiraient qu'elles préféreraient être externes. Et pourtant, ce week-end ne se présente pas si mal, puisque demain après-midi il doit y avoir les auditions pour le spectacle de l'école. Je me glisserai peut-être au fond de la salle pour aller voir. La pièce s'appelle *Des fleurs pour Algernon**. Je sais peu de choses à son sujet, si ce n'est qu'il y a un rôle de rat, d'après ce que M. Lindell nous a dit aujourd'hui, en classe. Je postulerai peut-être pour le rat. Cathy, Lisa et Sophie vont essayer de décrocher un rôle et Kate aussi, à mon avis, bien

* D'après le livre de Daniel Keyes.

qu'elle répète : « Oh, vous croyez vraiment ? » d'une voix boudeuse, pour que tout le monde lui dise : « Oh oui, Kate, tu serais parfaite. »

Tiens, c'est drôle. À peine avais-je écrit ça que Lisa s'est tournée vers Kate en disant : « Kate, arrête de chercher les compliments et décide-toi. » Ouais ! On est peut-être télépathes. En tout cas, Kate s'est tue. Lisa a vraiment une manière admirable de dire certaines vérités aux autres.

Tous les rôles principaux iront aux filles de terminale, je suppose, à moins qu'elles n'aient trop de travail avec leurs examens de fin d'année. Dans ce cas, ce sera les premières.

Les rôles masculins seront tenus par les garçons de Grammar – une audacieuse initiative de Warrington (même si, je crois, c'est pareil chaque année).

J'ai tant de choses à écrire ! Le dortoir fonctionne vraiment bien en ce moment, malgré ce que Lisa vient de dire à Kate, il y a un instant. Les disputes sont quasiment inexistantes, tout le monde va bien et se montre gentil envers tout le monde – même envers moi. Les filles attendent toutes que la neige se mette à tomber dans les Alpes* parce qu'elles sont toutes des skieuses passionnées, sauf Tracey et Emma.

En tout cas, bonne chance! Voilà encore une chose que j'adorais. Ma mère n'était pas fanatique mais mon père oui, alors j'allais assez souvent skier avec lui. Il était membre de deux associations de ski. Je ne dirais pas que c'était super génial. En fait, il me laissait souvent me débrouiller toute seule ou il s'arrangeait pour me confier à d'autres familles, à d'autres enfants ou encore il m'envoyait à l'école de ski. Je me suis souvent ennuyée mais, dans l'ensemble, j'avoue que ça me plaisait. Et je me défendais assez bien à ski.

Ce trimestre-ci a un goût différent; je ne sais pas pourquoi. Je suis prise à mon propre piège. J'ai dit que je voulais revenir ici, alors quand j'en ai ras le bol de cet endroit, quand j'en arrive à le détester, je me souviens que si je suis ici c'est mon propre choix. Je pense que je me suis un peu adaptée. Les gens m'acceptent mieux. Et actuellement, je me déplace presque normalement, je ne rase plus les murs. Il m'arrive même de remettre des

* Les Alpes néo-zélandaises.

devoirs à corriger, si je peux le faire discrètement. Cependant, la grande différence, c'est au dortoir. Maintenant les autres trouvent chaque fois une manière de m'inclure — attitude qu'elles n'avaient pas auparavant. Ce n'est plus simplement Cathy, même si c'est elle qui a enclenché le processus. Hier soir, quand tout le monde parlait de ski (pendant l'étude, alors les filles parlaient à voix basse), Cathy m'a demandé, normalement, comme elle aurait demandé à n'importe qui : « Tu as déjà skié ? » Moi, j'ai hoché la tête : « Oui. » Alors, elle a dit : « Et, tu skies bien ? » Sur quoi, j'ai haussé les épaules, à la fois gênée et heureuse qu'elle s'intéresse à moi. À ce moment-là, Sophie est intervenue : « Attends un peu. Je me souviens de toi. Tu étais à Wonnangatta Lodge, il y a environ trois ans. Je me souviens de toi ! Tu skiais vachement bien ! »

Je n'en avais pas la moindre idée. Wonnangatta était un des hôtels où allait mon père au mont Buller, mais je ne me rappelais pas Sophie. Néanmoins, je lui ai souri... Et, mon cher cahier, cela s'appelle la *communication* et je me suis servie de *trois* différents moyens de communication en moins de soixante secondes : un hochement de tête, un haussement d'épaules et un sourire, *voilà un record du monde* !

Bref, au cours du dîner, j'ai entendu Sophie dire à Cathy : « Je suis sûre que c'est elle. Elle était vraiment mignonne. Mon frère a dansé avec elle dans une boîte où quelqu'un avait organisé une soirée pour enfants. »

Alors, je me suis souvenue.

3 juin

Les sports d'hiver n'ont pas encore véritablement démarré, aussi les week-ends sont-ils encore libres. Et, ce matin, Cathy m'a emmenée me promener le long de la plage. Elle m'a dit qu'elle s'était occupée de toutes les démarches pour obtenir l'autorisation de sortir, ainsi donc elle avait tout organisé, ainsi donc nous sommes parties. C'était terriblement excitant ! Je me sentais comme ces dames agoraphobes de l'hôpital qui sortaient dans la cour pour la première fois faire quelques pas. Il faisait froid et il n'était pas question de nous baigner mais c'était agréable de marcher dans le sable, même si au début j'étais une vraie boule de nerfs, ne sachant pas ce que Cathy attendait de moi. Je ne le sais toujours pas, d'ailleurs. Étais-je censée la distraire ainsi qu'il est d'usage entre amis ? Étais-je censée rire, lui raconter des blagues, échanger des commérages, lui montrer un nouveau pas de danse ou jongler avec des méduses ? Je n'ai rien fait de tout ça. Cathy a parlé un peu, ce qui était sympa, mais j'avais le sentiment d'être inutile car je ne faisais rien en retour. Puis, au bout d'un moment, elle s'est tue et nous avons poursuivi notre promenade tout tranquillement. Cathy a ramassé un bâton et elle s'est mis à composer des messages géants dans le sable, principalement à propos d'un garçon qu'elle a rencontré durant les vacances qui s'appelle Guy et qui lui plaît bien.

Pendant qu'elle écrivait, moi aussi, j'avais pris un bout de bâton pour dessiner des messages... des petits messages courts, assise dans le sable. Je dessinais des tonnes de traits – ce n'étaient pas du tout des traits, mais des barreaux, des barreaux de prison.

Vous comprenez, une des raisons pour lesquelles je ne peux pas lui écrire, c'est que je ne sais pas du tout par quoi commencer ma lettre. Car, soyons clair, il n'y a que trois possibilités : « Cher père », « Cher papa » ou « Papa chéri ». Je crois que je ne saurais me servir d'aucune. La première est trop formelle, la seconde trop enfantine et la troisième trop tendre.

L'autre jour M. Lindell nous a lu un poème écrit par un homme dont le père vient de mourir. Il est en train de mettre de l'ordre dans la maison, lorsque, dans un tiroir, cet homme découvre une suite de poèmes écrits par son père, dont il n'avait jamais eu connaissance. Et il explique sa tristesse devant cette facette inconnue de son père qu'il avait toujours ignorée et son regret de voir qu'il était désormais trop tard pour mieux le connaître. Et je me suis fait la réflexion que les seuls textes qu'on trouverait dans les papiers de mon père seraient des traités de finance, des titres de parts et des listes de chiffres.

À notre retour de la plage, je suis allée me glisser dans la salle d'audition. La pièce ne sera peut-être pas mal ! C'est l'histoire d'un type qui est attardé mental jusqu'au jour où on met au point une technique miracle qui le transforme en génie. Il devient tellement intelligent qu'il réussit à analyser son propre traitement, il découvre alors une erreur dont personne ne s'était aperçu, et également que le changement opéré en lui ne sera pas définitif – dans peu de temps, il retournera à son état d'attardé mental. Il a aussi un rat apprivoisé sur lequel les docteurs ont fait des expériences – voilà où le rat, dont M. Lindell avait parlé, fait son entrée.

Aucune fille du dortoir n'a vraiment brillé à l'audition, toutefois Lisa ne s'en est pas mal tirée, ainsi que Sophie, ce qui est étonnant. Mais, une fille de terminale, une certaine Nikki Loton, a été fantastique – elle a maintenu en haleine tous les gens dans la salle. Je suis sûre qu'elle décrochera le principal rôle féminin.

5 juin

Brrr! Encore une soirée mortelle en étude. J'ai passé toute la première heure à plancher sur le devoir de maths mais je ne suis toujours pas plus avancée. Ce trimestre-ci, on fait de la géométrie. Je croyais que ce serait facile, quelle erreur! Le hic, entre autres, quand on ne parle pas, c'est qu'on doit tout faire tout seul. Ah, que ne suis-je un phare sur une île déserte ! Juste moi et les oiseaux, et les vagues se fracassant contre les rochers. Kate a une manière très personnelle de faire ses devoirs de maths, elle emprunte le cahier de Lisa et elle recopie tout. Dieu sait ce qui arrivera aux examens. Elle essayera certainement d'être assise aux côtés de Lisa.

Ann est rentrée hier du Japon. Elle a manqué une bonne partie du trimestre. Elle revient en pleine forme, très sûre d'elle, plus encore qu'avant. Elle avait l'air vraiment contente d'être de retour. Elle a rapporté des cadeaux à tout le monde – des bricoles, mais sympas. Même pour moi : un kaléidoscope, avec ses motifs renouvelés à l'infini, tous beaux dans leur genre, tous uniques. Elle a offert une poupée japonaise à Cathy, et à Kate l'affiche d'un lutteur Sumo, ce qui manquait un peu de tact – mais je ne crois pas que Kate ait compris la blague.

Ann apprend le japonais – comme la moitié des filles du dortoir –, je parie que maintenant elle sera sans doute une des stars dans cette discipline.

6 juin

Aujourd'hui, mon entretien avec Mme Ransome, la conseillère, a été très différent. Je me suis tellement habituée à ce que les séances roulent d'elles-mêmes selon un processus bien huilé que je ne les remarque plus vraiment. Alors, comme d'habitude, j'ai fait semblant de n'en avoir rien à fiche, mais c'était faux, bien sûr. Mme Ransome disait qu'il était indispensable que je définisse mes sentiments vis-à-vis de mes parents et de moi-même sinon je n'avancerais pas; que mon mutisme et le reste n'existaient que parce que certaines choses nous concernant eux et moi étaient si douloureuses que je n'arrivais pas à les affronter; que j'avais une peur telle de « guérir » que je préférais fuir que d'assumer la douleur de « guérir ». Elle disait aussi que la « guérison » nécessitait que j'analyse des sentiments qui m'effrayaient trop pour que j'y réfléchisse — par exemple, savoir si mes parents me détestaient, si je les détestais ou si je me détestais moi-même. Elle disait que les parents sont tellement importants dans la vie d'un enfant que, si l'enfant se sent rejeté par ses parents, il lui est difficile de ne pas s'imaginer que le monde entier va le rejeter.

Grand Dieu, je vous affirme que j'ai écouté tout ce baratin avec attention, même s'il libérait des oiseaux de proie dont les ailes cognaient à toute volée contre ma poitrine, même si une boule amère se nouait quelque part au creux de ma gorge. J'étais aussi un peu étonnée car, à dire vrai, je considérais Mme Ransome comme quantité négligeable, surtout après les commentaires que la surveillante avait faits à son égard à l'infirmerie, le trimestre dernier. Jamais, je n'avais imaginé qu'elle puisse être aussi perspicace. Et du reste, je ne suis pas sûre que ça m'ait plu. Je ne suis pas sûre d'aimer voir mes défenses percées à jour aussi soudainement.

Bref, elle poursuivait affirmant qu'il me faudrait décider un jour des éléments positifs et négatifs dans mes relations avec mon père, ma mère et mon beau-père ; que mes sentiments pour eux seraient faits à la fois d'amour et de haine et qu'il me faudrait bien regarder en face ces deux aspects. Ça m'a semblé — et ça me semble encore en écrivant — un rêve impossible. Et pourtant... J'ai eu un geste à ce moment-là qui a été le premier acte physique que j'ai jamais eu durant ces entretiens... J'ai pris un gros marqueur et j'ai gribouillé sur le mur bien peint. À son crédit, elle n'a même pas remué un cil. J'ai refait le dessin que j'avais fait sur la plage, une tête derrière des barreaux.

— C'est ton père? a-t-elle demandé doucement.

J'ai hoché la tête : « Non. »

— C'est toi?

J'ai fait : « Non » de nouveau. Je ne parvenais pas à trouver un autre moyen de lui faire comprendre, mais au bout d'un moment, elle a compris.

— C'est vous deux?

Alors, j'ai hoché la tête : « Oui. »

7 juin

Et voilà, aujourd'hui, cher journal, c'était l'anniversaire de mes quinze ans, on ne m'a jamais embrassée, on ne m'embrassera sans doute jamais (sauf quelques tristes sires en sixième). Le pire c'est que toutes les filles étaient au courant, alors que j'avais la quasi-certitude qu'elles n'avaient aucun moyen de le savoir. Mme Graham avait dû vendre la mèche après l'avoir lu dans les registres de l'école, parce qu'en venant inspecter le dortoir après le petit déjeuner, elle n'a pas cherché à cacher qu'elle le savait.

Je me souviens avoir écrit ailleurs dans ce cahier que la plus insoutenable des tortures serait d'être attachée à une chaise et obligée d'écouter les gens vous faire des compliments. Eh bien, aujourd'hui, ce fut un peu les cas. À la fois douloureux et agréable, « aigre-doux » comme le titre d'un vieux film. Mais, néanmoins, un peu trop dur à supporter et j'ai recommencé à me terrer dans les coins et à raser les murs, jusqu'à ce qu'elles se rendent compte qu'elles en faisaient trop et qu'elles baissent de nouveau le projecteur.

Mais toutes ces marques de gentillesse avaient aussi quelque chose d'agréable. Elles m'ont chanté : « Joyeux Anniversaire » en prenant un ton idiot pour essayer d'être drôles — le matin au réveil, j'avais à peine ouvert un œil et j'étais encore au lit. Chacune avait un cadeau à me donner — ce fut sans doute le moment le plus difficile. J'ai reçu un parfum de la part de Sophie, des livres de celle de Tracey et d'Emma, Kate m'a donné un crayon en forme de banane, Ann un répertoire, Lisa une cassette (*High Rise Clouds* par les Genetic Defects). Cathy m'a offert un pot de miel de chez elle. Je me souviens, elle m'avait dit que sa mère avait des ruches. Elle avait fabriqué la carte allant avec le pot, une très jolie carte. Décidément, elle est franchement douée !

Après les cours, on m'a remis un paquet de la part de ma mère – un nouveau jean et un chemisier blanc, un peu trop classique mais sans frou-frou. Plutôt chouette en définitive. Quant à ma grand-mère, elle m'a envoyé des tonnes de provisions, dont un gâteau que j'ai sorti au goûter de ce soir. Je leur ai fait comprendre que je voulais le partager avec elles, et nous nous sommes offert une sorte de petite fête.

Au bout du compte, je dirais que si c'est la routine classique d'un anniversaire, ce ne fut pas trop douloureux.

Rien de mon père pourtant. De toute façon, je n'attendais rien.

8 juin

Une drôle de chose est arrivée aujourd'hui – non, pas drôle, *étrange*. Je suis entrée aux toilettes, Sophie était là, elle se regardait fixement dans la glace, la mâchoire contractée, marmonnant entre ses dents : « Je te déteste, espèce de traînée, espèce de garce. » Elle répétait ces mots comme un moulin à paroles, par automatisme, puis elle s'est aperçue de ma présence et elle s'est enfuie en pleurant.

9 juin

J'ai eu la surprise aujourd'hui de recevoir un cadeau de Mme Preshill (la mère de Cathy). La plus douce, la plus belle serviette de toilette que j'aie jamais vue – d'un profond rouge lie-de-vin, à bourdons blancs. Mais le plus important, c'était la lettre qui l'accompagnait. On dirait qu'ils souhaitent sincèrement m'accueillir chez eux aux vacances de mi-trimestre. Je ne sais pas quoi penser. Je ne suis pas sûre de pouvoir faire face. En tout cas la lettre est très gentille et il semble que Mme Preshill ne doute pas de ma venue. Elle dit qu'elle écrit aussi à ma mère pour avoir son accord. Comme si ma mère risquait de s'inquiéter. Elle sera ravie de se débarrasser de moi une fois de plus.

Il est tombé des tonnes de neige dans les montagnes, apparemment, et nos skieurs ne tiennent plus en place. Toujours est-il qu'ici, il fait un froid.

Lisa et Sophie ont décroché chacune un rôle dans la pièce de l'école, un petit rôle. Lisa joue une infirmière et Sophie une vendeuse dans une boulangerie, quelque chose de ce genre.

Encore une séance avec Mme Ransome.

— Voici certaines questions, m'a-t-elle dit, auxquelles tu aimerais peut-être réfléchir : Quelles sont les ressemblances entre ta mère et toi ? Quelles sont les différences ? Qu'est-ce que tu aimes en toi ?

J'ai oublié les autres questions. Mais, moi, j'en avais préparé une pour elle. Je l'avais écrite sur un bout de papier que je lui ai tendu quand elle s'est tue. Ma question était : « Pouvez-vous me trouver l'adresse de mon père, s'il vous plaît ? » Je ne sais pas si je lui écrirai un jour, mais je pense que ce serait bien de l'avoir... au cas où. Et en dehors de quoi que ce soit, je voudrais simplement savoir où il se trouve, afin de pouvoir regarder sur une carte.

Je me disais ce soir, après avoir surpris l'attitude de Sophie, hier, dans les toilettes, que pour finir personne n'est réellement heureux ; peut-être que, sous le vernis, nous nous ressemblons tous. Comment savoir ? Tracey et Emma sont des gens heureux, je crois. Et Cathy, très certainement, malgré son côté sage et réfléchi. Et Ann aussi, il me semble. Pour Kate, ce n'est pas évident, elle est tellement extravagante et bruyante d'habitude, même si, à la réflexion, elle est un peu plus calme ce trimestre-ci.

Il reste Sophie, Lisa et moi.

10 juin

Pour le trimestre d'hiver, mon sport c'est le softball* et c'est toujours la même histoire — je ne fais rien. Mon nom est le dernier de toutes les listes, mais je dois tout de même y aller. Cet après-midi, le match était à M.L.C. et, dans l'équipe d'en face, il y avait Angela Wallis qui a été dans la même classe que moi pendant tout le primaire, mais je crois qu'elle ne m'a pas reconnue.

12 juin

Ce soir, Mme Graham nous a annoncé que, dans trois semaines, il y aurait un

* Softball : sorte de base-ball moins violent.

bal pour les troisièmes de quatre écoles différentes, dont Warrington. Les filles ont sauté de joie, car toutes les occasions de rencontrer des garçons sont considérées par ici comme une aubaine rare. Je crois bien que je ne me sens jamais plus exclue que dans ce genre de circonstances. L'horreur serait qu'on me force à y aller, que ce bal soit obligatoire pour les internes. Si on m'y oblige, je m'enfuis, je le jure. Je ne supporterai pas d'y aller.

Ces temps-ci, j'ai de nouveau l'impression de dégringoler la pente. Il n'y a pas de raison particulière, tout le monde est beaucoup plus gentil que le trimestre dernier. Ça vient de moi. J'ai l'impression de sombrer dans un trou noir, humide et froid, où personne n'est jamais allé, où personne ne peut me suivre. Là-bas, il n'y a pas d'avenir, seulement un passé qui se joue parfois de vous en se déguisant en avenir. C'est le lieu de la solitude la plus extrême et, lorsqu'on y tombe, on cesse non seulement d'exister dans la vraie vie, mais aussi dans la conscience des autres et dans leur mémoire. L'écrire ne m'aide pas vraiment au moment où j'écris, ce sera peut-être pour plus tard. Mais ce n'est pas suffisant.

14 juin

J'ai eu 27 % à un test en sciences – ce n'est pas trop mal si on considère que je n'ai répondu à aucune question de cours mais simplement aux grilles de questions à choix multiples (à devinettes multiples comme dit M. Hardcastle).

16 juin

Ce soir, en étude, Lisa m'a fait passer un petit papier, événement plutôt rare dans ma vie, surtout de la part de Lisa, qui semble s'être un peu éloignée de moi ce trimestre. Elle avait écrit : « Tu n'as pas l'air heureux en ce moment. Que se passe-t-il ? » J'ai répondu, succinctement : « Je ne sais pas. » Et il s'en suivit un ballet de questions-réponses, une sorte de conversation, comme celles que les autres échangent régulièrement pendant les heures d'étude, mais auxquelles je n'ai jamais eu l'occasion de participer. C'était presque comme si je parlais, je ne m'en étais jamais trouvée aussi proche. Les remarques de Lisa étaient, cependant, un peu plus nourries que les miennes. Elle est sensible. J'avais peur d'être entraînée trop loin, mais je ne voulais pas non plus qu'elle s'arrête.

Lisa : *Quelqu'un t'a fait de la peine ?*
Moi : Non.
Lisa : *Un des profs ?*
Moi : Non.
Lisa : *Ça t'ennuie que je te pose ces questions ?*
Moi : Non, ça m'est égal.
Lisa : *Est-ce que tu te sens mal, plutôt plus mal que d'habitude ?*
Moi : Oui, je crois.
Lisa : *Tu sais pourquoi ?*
Moi : Oui, non, enfin je ne suis pas sûre.
Lisa : *Tu as peur que j'aille le raconter aux autres si tu me dis quelque chose ?*
Moi : Non.

(Et c'était vrai. J'avais confiance en elle. Elle est très réservée mais très forte.)

Lisa : *Est-ce que c'est lié à ton visage, à tes parents ? À toute cette histoire ?*
Moi : Oui, je crois, à mon père surtout.
Lisa : *Est-ce que tu le détestes ?*
Moi : Non.

J'ai compris alors que j'étais loin de le détester et les larmes se sont mises à rouler le long de mes joues. Quel soulagement c'était d'en prendre conscience ! Je pleurais sans bruit et, de la façon dont nos bureaux étaient placés, je savais que Lisa ne pouvait pas voir mes larmes. J'ai ajouté quelques mots.

Je ne le déteste pas. J'ai de la peine pour lui. J'ai peur de ce qui peut lui arriver.

Ce fut la goutte d'eau. Je me suis caché la tête dans les mains et je me suis laissé submerger par les sanglots. C'est la première fois que les autres me voyaient pleurer pour de bon, je crois. Lisa me serrait dans ses bras en répétant : « Pardon, pardon », comme si elle avait réellement peur. J'ai mis un certain temps à me ressaisir, à me retrouver mais quand j'y suis parvenue, j'ai écrit sur le papier : « C'est pas grave. Je suis contente d'avoir pu me laisser aller. » Elle s'est sentie un peu soulagée. Mais en définitive, je ne suis pas sûre d'« être contente ».

17 juin

Ce matin encore, je suis allée me balader sur la plage avec Cathy. Je me sentais assez mal à l'aise à cause d'hier soir, mais Cathy semblait calme, comme d'habitude. Nous avons aperçu Melle Curzon qui se promenait avec un type le long de la plage ; je ne savais pas qu'elle avait un amoureux caché. Faut-il qu'il soit désespérément seul ! Cathy m'a raconté qu'elle les avait vus au cinéma le trimestre dernier, un jour où elle y était allée avec des filles de l'externat, et qu'elles les avaient bombardés de pop-corn depuis le balcon. Mon Dieu, qui voudrait être prof ?

Cathy m'a surtout parlé de sa famille. Elle se sent très liée à eux. Elle a un frère qui est en Europe en ce moment, et qui lui manque beaucoup, même si c'est un peu le mouton à cinq pattes de la famille. Il a changé quatorze fois de boulot en huit mois quand il essayait de gagner de l'argent pour son voyage en Europe. Elle m'a raconté qu'il avait raté un emploi à la S.P.A. parce qu'il avait écrasé un des chiens dans le chemin. À mon avis, ils auraient plutôt dû l'engager après cet exploit. Il a travaillé dans une usine à viande, comme routier, à la cueillette des fruits. Il a travaillé aussi un certain temps dans un McDonald puis, un jour, il s'est fait virer après avoir dit à un client que les hamburgers pourraient servir à cirer ses souliers. Ils prennent leurs produits très au sérieux.

La famille de Cathy a l'air sympa. J'aime qu'elle soit fière de ses parents.

Cet après-midi, notre équipe de softball a joué contre les filles de Grammar College, sur notre terrain, et elle a gagné – c'est un bon résultat, d'autant que personne ne les bat jamais. J'ai secondé Sophie au tableau des résultats, elle ne peut toujours pas jouer, à cause de son pied. Elle ne sait pas non plus faire une addition, mais je ne pense pas que ce soit à cause de son pied.

19 juin

Aujourd'hui, Mme Ransome m'a enfin fourni l'adresse. Une drôle de surprise. Je parie qu'elle en a parlé à vingt mille personnes avant de me la donner. Au docteur Harvey pour commencer. Peu importe, je l'ai : Boîte postale 259, Tarpaggi. Elle m'a dit que l'endroit où il se trouve s'appelle « Prison Rurale de Townley », mais on n'est pas obligé de mettre tout ça sur l'enveloppe.

Une prison-ferme. Ça me paraît moins pénible. Je l'imaginais dans une cellule, coincé entre quatre murs de béton, obligé de défendre, chaque jour, sa vie contre des assassins sans pitié... j'ai l'air de le prendre à la rigolade, c'est faux. Une prison-ferme semble cependant plus acceptable, il y a sûrement de l'air, de la verdure et les prisonniers sont sans doute moins violents, moins dangereux dans un endroit comme celui-là. Je me suis précipitée à la bibliothèque chercher Tarpaggi dans tous les atlas et tous les guides touristiques sur lesquels j'ai pu mettre la main.

C'est au pied des montagnes, le climat y est froid, et il neige un peu l'hiver; l'industrie repose sur la forêt et l'élevage. Il y a environ deux cents habitants, l'endroit doit être assez isolé mais c'est certainement mieux qu'une prison au beau milieu d'une grande ville.

Le dortoir est très bruyant ce soir, mais c'est un bruit plein de gaieté, et je le supporte très bien. À mon avis, c'est parce que Melle Curzon est de garde, bien que Mme Graham soit passée, il y a quelques minutes, pour dire que tout le monde serait collé si le silence ne se faisait pas immédiatement.

20 juin

Au-dessus de son bureau, il y a un ou deux jours, Lisa a mis un papier sur lequel elle a noté : « Une vie sans question ne mérite pas d'être vécue », Platon. Ça me plaît. Ça me remonte le moral quand je réfléchis à toutes les questions que je me pose.

21 juin

L'ensemble des conversations roule autour de ce fichu bal. Les filles téléphonent à leurs copines des autres écoles pour savoir qui y va. Dans deux écoles ce sera toutes les internes, dans une troisième, simplement celles qui veulent. Mme Graham n'a pas encore décidé pour nous, mais d'après Melle Curzon ce sera toutes les internes plus les externes qui le souhaitent. Alors, je me demande comment je vais y échapper. À moins que les Lindell m'invitent chez eux encore une fois. Tracey se fait pour l'occasion une robe qu'elle a vue dans un magazine — je croyais qu'on pouvait y aller habillé sport, en jean par exemple, mais personne n'en a l'air sûr. La seule certitude c'est que je n'irai pas, même si le ciel me tombe sur la tête, même si le Prince Charmant m'apporte une pantoufle de vair, même si le chirurgien esthétique débarque avec des rayons laser et du chloroforme.

Lisa a laissé tomber Peter Fallon-White depuis un moment déjà, ainsi la relation qui n'avait jamais été n'est plus et ne sera jamais, amen. Cathy et Andrew Lorimer se sont séparés quand Guy est entré en scène, quant à Sam et Emma, j'ignore où ils en sont. Kate parle chaque semaine d'un garçon différent et j'ai du mal à suivre. Ann file le parfait amour avec un type qui s'appelle Martin, mais je ne sais pas si c'est son prénom ou son nom de famille : elle ne parle jamais de lui. Ce serait bien si c'était son nom de famille et qu'ils se marient : elle n'aurait qu'une seule lettre à changer à son nom, Maltin deviendrait Martin. (Si les filles changent toujours leur nom de famille quand elle se marient — je ne sais plus.) Sophie s'est amourachée d'un garçon de Saint-Luke Collège, Tom Dennis, mais lui semble ignorer jusqu'à son existence.

Ce soir, ça n'a pas bien marché en étude. Je ne m'en sors toujours pas en géométrie, la semaine prochaine on a une interro et bientôt, les examens. Tracey et Emma se sont fait réciter à haute voix les verbes français pendant toute la première heure et elles ont été très fâchées quand les autres leur ont dit de se taire. Elles ont réagi en disant que Sophie, Lisa et Kate tyrannisaient le dortoir, qu'elles n'en faisaient qu'à leur tête sans se préoccuper des autres et que, quand ça leur chantait, elles s'en prenaient toujours à celles qui faisaient comme elles. Il faut avouer que ce n'est pas faux, mais, dans le dortoir, Tracey et Emma sont au bas de l'échelle (à part moi, qui ne suis même pas dessus), et donc, personne ne fait très attention à elles et elles le savent.

Quelquefois, je me demande ce qui arriverait si je me mettais à parler et si je jouais un rôle à part entière dans le dortoir. Tout le monde devrait changer d'attitude pour m'inclure, moi, la nouvelle « moi », et je ne suis pas sûre que ça leur plairait beaucoup. Dans un sens, la situation actuelle nous convient très bien à toutes.

« Tout change, tout demeure. » C'est le sujet de la prochaine dissert que nous devons faire en anglais, d'après *Les Ani-*

*maux partout**. M. Lindell nous colle parfois de ces sujets !

Je ne sais pas encore si je vais la faire ou si je vais me contenter d'y réfléchir.

22 juin

J'ai mal à la gorge (quelle ironie si on pense à l'usage que j'en fais). J'ai peut-être une laryngite sans le savoir. Quelle rigolade ! « Ganglions enflammés », a dit la surveillante. Il faudra que je retourne à l'infirmerie si ça empire. En fait, je m'en fiche : j'aurais bien besoin de me reposer. La moitié de l'école y est déjà, on les entend tousser depuis le terrain de cricket.

23 juin

Je m'aperçois seulement maintenant que je n'ai eu aucune nouvelles de ma mère de tout le trimestre, sauf pour mon anniversaire. Je ne m'en étais même pas

* De George Orwell (1903-1950), écrivain anglais.

rendu compte. Cathy a reçu une lettre de la sienne, disant que ma mère avait tout organisé pour que j'aille chez les Preshill durant les vacances de mi-trimestre. Toutes les décisions se prennent en dehors de moi. Je ne suis même pas sûre d'en avoir envie.

J'ai toujours horriblement mal à la gorge. Pourtant, j'ai passé la journée à sucer des pastilles de Strepsils.

24 juin

Voici ce que j'ai fini par pondre. Ce n'est pas terrible. C'est même assez mauvais. J'ai résolu le problème du « Cher papa » en le supprimant purement et simplement.

> *Je suis désolée de ne pas avoir écrit plus tôt. J'espère que ce n'est pas trop dur là où tu es, et que la nourriture est bonne. Ici, c'est correct. J'espère que tu vas bien.*

Un point c'est tout. J'ai mis deux heures, pas loin de trois pour écrire ça. Toutes les autres phrases qui me sont venues à l'esprit, j'ai immédiatement trouvé une bonne raison pour ne pas les mettre, au cas où il pourrait mal les interpréter ou Dieu sait quoi. Alors, pour finir, je me suis retrouvée plutôt à sec. Je ne savais plus non plus comment conclure... Je ne pouvais tout de même pas finir par « Je t'embrasse », « Ta fille qui t'aime » ou encore « Sentiments respectueux ». Tout ça est trop compliqué... Je crois que je vais la flanquer au panier.

25 juin

L'évêque est venu dire la messe à la chapelle aujourd'hui. Il est étonnamment simple pour un évêque. Le personnel de l'école s'agitait autour de lui, en faisait tout un plat. Mais je crois que pour les élèves ce ne fut pas un événement extraordinaire. Malgré tout, il a dit une chose pendant le sermon qui m'est restée en tête. Il a raconté que les jeunes viennent souvent le voir pour lui demander un conseil, un avis, alors il les écoute parler de leurs ambitions, de ce qu'ils aimeraient faire, de ce qu'ils veulent devenir. Parfois, il est obligé de les interrompre parce qu'ils s'embrouillent complètement et il leur dit : « J'en ai entendu suffisamment sur ce que vous voulez faire; maintenant parlez-moi de ce qui *doit* être fait. » Pas mal, non?

Tout ce qui me reste à décider maintenant, c'est ce que je *dois* vraiment faire.

26 juin

Bon, j'ai posté cette foutue lettre aujourd'hui – stupide, mais ça y est, c'est fait, même si, à peine glissée dans la boîte, je l'aurais bien récupérée.

M. Lindell m'a apporté un gâteau au chocolat qu'il a confectionné lui-même, à l'en croire. Il est assez fade, il n'y a même pas de glaçage. D'après moi, c'est de l'industriel. Voilà, qui s'appelle faire la fine bouche, non? Il y avait aussi un mot de Mme Lindell me proposant de venir chez eux pour les vacances de mi-trimestre. J'aurais adoré, mais bon il paraît que je vais chez les Preshill. Et je dois bien avouer que je suis très impatiente d'y aller.

27 juin

Et voilà, Sophie, Kate et Tracey ont encore de graves ennuis. C'est une habitude. Elles avaient eu l'autorisation de sortir le week-end dernier pour aller soi-disant chez la sœur aînée de Tracey, en fait elles sont allées faire du ski avec deux filles – deux filles de première renvoyées le trimestre dernier. Elles ont dormi par terre chez quelqu'un, bref, elles ont passé un week-end super génial. Le hic, c'est que, ce matin, la sœur de Tracey a téléphoné à Mme Graham pour lui demander si elle pouvait venir voir Tracey demain, après les cours, parce qu'elle part en voyage de l'autre côté du Pacifique et elle ne va pas voir sa petite sœur pendant assez longtemps. Voilà comment Mme Graham a réussi « l'arrestation du siècle » et, depuis le début de la soirée, les trois filles vivent dans l'affolement. Au mieux, elles seront consignées jusqu'à leur cinquantième anniversaire ; au pire, renvoyées. Elles ne le sauront que demain matin (le suspense faisant partie de la punition). J'espère qu'elles ne seront pas renvoyées. Avec le temps, je finis par bien les aimer.

Sophie... que dire d'elle ? Au milieu de l'affolement général, des larmes, et de tout le tintouin, Sophie s'est tournée vers les autres et elle s'est écriée avec un grand sourire canaille : « En tout cas, quoi qu'il arrive, ça valait la peine ! » Sur ce, elles se sont roulées par terre en hurlant de rire durant au moins cinq minutes, l'oreiller entre les dents, pour éviter que Mme Graham ne les entende. Elles auraient été renvoyées sur-le-champ. Je crois que, quelquefois, Mme Graham saisit mal le côté comique de la vie.

Personne ne s'attend vraiment à ce qu'elles soient renvoyées — un tas de filles ont fait des trucs dix fois pires et elles n'ont pas été fichues dehors pour autant.

28 juin

Ça y est, nos trois « criminelles » ont reçu leur sanction ce soir : consignées jusqu'à la fin du trimestre, sauf aux vacances de mi-trimestre, naturellement. Elles n'ont pas attendu pour se plaindre d'avoir été sanctionnées trop durement, mais en fait tout le monde pense qu'elles ont une sacrée veine. Sophie râlerait même pour une demi-heure de colle !

Bien sûr, un des premiers événements qu'elles vont rater c'est le fameux bal, ce que je trouve plutôt drôle, mais je n'irai pas jusqu'à le leur laisser voir. Elles peuvent y aller à ma place quand elles veulent.

Mme Graham nous a fait tout un baratin sur la confiance, elle a annoncé que désormais elle distribuerait moins d'autorisations de sortie et qu'elle avait écrit aux parents des trois filles de troisième, ainsi qu'à ceux des ex-premières pour les prévenir des risques légaux qu'elles encouraient en détournant ces douces et innocentes jeunes filles.

29 juin

Je paierais cher pour manger correctement ! Ce soir, même le pain était dur. On a eu droit à des croquettes avec des haricots et de la purée de pommes de terre : les croquettes étaient sèches et dures comme du caillou, les haricots spongieux. Avec un peu de sauce tomate, ce serait déjà mieux, mais c'est trop leur demander. Je suis retournée au dortoir me préparer une boisson chaude avec le lait en poudre de Cathy – j'espère qu'elle ne m'en voudra pas.

Aujourd'hui, Mme Ransome m'a

demandé si j'avais écrit à mon père. Je me suis contentée de fixer le bon vieux mur d'en face, toujours décoré de mon chef-d'œuvre, mais je ne le regardais pas. Je ne regardais rien de précis, en réalité. Je n'avais pas envie de le lui dire, c'est tout. Je parie qu'elle raconte tout directement à l'hôpital.

Tracey s'est percé les oreilles ce soir. Comme si ses parents avaient encore besoin de raisons pour se fâcher! D'ailleurs, c'est peut-être ce qui l'a poussée. Elle a dit que ce n'était pas trop douloureux. D'après moi, ce n'est pas demain qu'elle risque de se replonger dans les livres de cow-boys. Je crois qu'elle cherche tout simplement à copier Kate et Sophie.

30 juin

Aujourd'hui, journée de désarroi, d'angoisse, d'indécision. Je ne sais pas quoi faire. Je viens de recevoir une réponse à ma lettre, en moins de cinq jours. J'imagine que j'aurais dû m'y attendre, mais j'avais repoussé toute éventualité de ce genre dans un futur lointain. Bref, la voilà cette lettre – comme la mienne, sans bonjour ni au revoir.

Merci de ta lettre. Je suis heureux que tu m'aies écrit. Plus heureux que je ne saurais le dire. Je ne m'attendais pas à recevoir de tes nouvelles.

Je ne peux pas te livrer le fond de mon cœur, et d'ailleurs je n'en ai pas le droit. Alors je vais te décrire un peu ma vie ici.

L'endroit n'est pas mal, mieux en tout cas que le premier où j'ai échoué. Il me rappelle certaines régions d'Europe, avec ses vastes forêts de pins, très calme, très tranquille. L'essentiel de notre activité a lieu dans les forêts de pins, nous coupons, nous entassons, nous plantons, etc.

Mes compagnons ne sont pas de mauvais bougres, même si, dans l'ensemble, ils n'ont pas beaucoup d'éducation. Certains ont le droit d'aller au collège d'Enseignement pour Adultes de la ville la plus proche – Buntleigh – pour y suivre des cours. Tu vois, on nous fait confiance. Je vais à l'hôpital en bus tous les lundis pour faire soigner la main que je me suis abîmée en détention préventive. C'est mon jour de sortie, et je l'attends toujours avec impatience.

Tu me demandes comment on mange. C'est simple mais copieux.

Nous faisons aussi du sport. Je suis dans l'équipe de volley-ball et nous jouons en compétition à Buntleigh. J'ai moi aussi l'intention de prendre des cours au Collège mais nous n'avons droit qu'à une seule sortie non surveillée par semaine et, avant que ma main ne soit entièrement guérie, c'est elle qui a la priorité.

J'imagine que ma vie ici n'est guère différente de celle de l'internat.

Je vais m'arrêter là, car je veux que cette lettre parte au courrier de cet après-midi. Mais j'espère et je prie pour que tu m'envoies très vite d'autres nouvelles. Je te remercie encore une fois de ta lettre.

Naturellement, je l'ai lue et relue. Maintenant, je me sens obligée de répondre, je m'y sens engagée. Un peu comme si j'étais prise au piège. Dans un sens, je préférerais le voir face à face. Je ne sais pas quoi lui dire dans une lettre. Non, vraiment pas. Cette lettre, c'est tellement lui. Je suis inquiète pour sa main.

Je me suis toujours inquiétée qu'il se fasse agresser ou pire en prison. Je crois que je vais aller me coucher et réfléchir dans mon lit. J'espère qu'il va bien.

1er juillet

Les événements se rapprochent à toute vitesse. Dans quatre jours, c'est le grand grand bal (il prend de l'ampleur au fur et à mesure que la date approche), le lendemain, ce sont les vacances et il paraît que je pars chez les Preshill à Tregonning, que ça me plaise ou non. Ça me plairait plutôt – en tout cas c'est toujours mieux que d'aller chez ma mère.

Le seul problème c'est que je suis nerveuse – affolée, pétrifiée, terrifiée. Mon Dieu, si vous saviez quelle trouille j'ai !

3 juillet

Ce matin à la chapelle, j'ai été frappée d'inspiration. J'étais assise à côté de Cathy, en train d'essayer de me représenter ce que serait le voyage à Tregonning, mon séjour chez eux quand, brusquement, je me suis souvenue que Cathy avait dit acheter tous ses vêtements et ses affaires d'école à Buntleigh, parce qu'il n'y avait pas de boutiques importantes à Tregonning. Or, Buntleigh c'est la ville voisine de là où se trouve mon père. C'est là qu'il va à l'hôpital faire soigner sa main. J'ai pris un stylo pour écrire à Cathy au dos de mon livre de psaumes :

Tu vas souvent à Buntleigh?

Elle a répondu :

Environ toutes les trois semaines.

J'ai réfléchi un moment avant de poursuivre :

Il y a un bus pour y aller?

Elle m'a répondu :

Non, on prend le train depuis Tregonning.

Je pourrai aller là-bas quand je serai chez toi?

Oui, bien sûr.

Aussi aujourd'hui, ai-je passé la journée assise sur un petit nuage. En réalité, je pense que tout ça ne mènera à rien, mais cette seule perspective a suffi à me transporter dans un état proche de l'excitation épileptique. J'ai du mal à penser à autre chose – en fait, je ne pense qu'à ça. C'est sans doute que j'ai vraiment envie de le voir.

4 juillet

Il faut que je me dépêche – c'est l'anarchie dans toute l'école –, je déteste ça. Les filles sont partagées entre la nécessité de faire leurs bagages et l'envie de se préparer pour le bal de ce soir. Enfin, celles qui vont au bal naturellement. Hier, Mme Graham m'a dit que, si je ne voulais pas y aller, je pouvais venir regarder la télé chez elle. C'est gentil de sa part. La gentillesse imprévue est toujours un choc – et c'était inattendu. J'avais cru qu'elle me forcerait à me rendre à ce bal. Sophie, Kate et Tracey sont collées deux heures, ensuite elles ont l'obligation de se coucher. Mais, elles s'en fichent – elles vont toutes faire du ski pendant les vacances. Lisa aussi. Je ne sais toujours pas si je dois vraiment aller à Buntleigh lundi. Mais je n'ai que cette idée en tête.

6 juillet

Voilà, je suis à « Moonibah ». Ça fait du bien de pouvoir enfin respirer normalement. C'est la première occasion que j'ai de respirer depuis mon arrivée.

Mme Preshill est venue nous chercher à l'école vers trois heures et nous a conduites ici directement. Elle fait partie de ces femmes qui savent tout assumer, toujours aimables, d'humeur égale, capables de discuter de façon agréable et drôles dans n'importe quelle circonstance. Les adultes sont tellement sûrs d'eux, c'est étonnant. D'où leur vient tant d'assurance ? Est-ce qu'elle s'acquiert automatiquement avec le temps ? Est-ce qu'elle s'apprend en cours du soir ? Existe-t-il un secret qu'on me cache ? Parce que, enfin, je sais bien qu'il y a des adultes dans les services de psychiatrie qui n'arrivent pas à faire face, qui sont cassés, comme les épaves dans les cimetières de voitures, mais ceux-là semblent être des exceptions.

Bref, depuis que nous sommes ici, nous n'avons pas eu une minute. Apparemment, voilà encore une de ces familles miracles où les gens sont tous gentils les uns envers les autres, affectueux, amicaux et généreux. M. Preshill n'est rentré qu'après la tombée du jour – il avait dû réparer une clôture que les bêtes avaient endommagée pour aller sur la route. Du coup, il a pris du retard sur d'autres tâches, comme ce nouvel enclos dont il vient de commencer la construction. Alors que fait Cathy le lendemain matin – ce matin ? Elle se lève à l'aube et se rend directement à l'enclos pour l'aider. Bien sûr, j'y suis allée aussi. Mais ce qui m'a étonnée, c'est le naturel avec lequel elle l'a fait, sans se sentir le moins du monde obligée, sans que ça l'ennuie, sans se préoccuper de perdre une grasse matinée.

En plus, c'est un sacré boulot. Je ne pense pas avoir été d'une grande aide. J'ai eu honte de m'être autant laissée aller sur le plan physique. Il fallait creuser des trous énormes à la pioche et à la pelle pour y ficher de gros pieux puis remettre la terre autour en la tassant bien. Cathy s'en sortait parfaitement tandis que moi j'ai très vite commencé à sentir mes épaules et mes bras.

M. Preshill veut finir rapidement cet enclos car tous les ans, à la ferme, se tient une importante vente aux enchères, la prochaine doit avoir lieu bientôt, or les enclos ne sont plus assez grands. D'après Cathy, cette vente aux enchères est leur principale source de revenus pour l'année, elle est donc très importante. À mon avis elle paie les études de Cathy.

M. Preshill a expliqué que ce nouvel enclos était un peu du temps perdu car, dans un futur proche, les ventes se feront toutes par câble et par ordinateur, mais il n'avait l'air ni convaincu ni convaincant.

M. Preshill est vraiment gentil. C'est un grand type costaud, malgré tout la ressemblance avec Cathy est flagrante. Il est un peu déplumé – il lui reste quelques mèches de cheveux au sommet du crâne – mais il est encore bien blond. Il s'exprime avec assurance et grandiloquence. Quand il vous demande de faire quelque chose, vous comprenez exactement ce qu'il veut. Il me semble être quelqu'un de très calme et je pense qu'il faut bien le connaître avant de voir qu'il est fâché. Cathy et lui se complètent à la perfection. Ils ne se perdent jamais en paroles inutiles quand ils se parlent. On dirait qu'ils savent d'instinct ce que l'autre pense ou veut.

Finalement, je suis vraiment heureuse d'être venue. Même s'il ne se passe rien lundi. Je ne sais toujours pas quoi faire. Mais je crois que me trouver si près, et ne rien tenter, c'est une chose que je regretterai jusqu'à la fin de l'année – et pourquoi pas jusqu'à la fin de mes jours.

8 juillet

J'ai oublié de parler du bal de l'école. Apparemment, ce ne fut pas la folle nuit que tout le monde espérait. Cathy m'a raconté qu'il y avait plus de profs que d'élèves et que pour aller aux toilettes il fallait pratiquement un passeport, un visa et un billet signé de la directrice.

Malgré tout, elle a passé une bonne soirée. Elle a rencontré un garçon dont elle gribouille le nom sur toute sa trousse avec des petites étoiles de toutes les couleurs et j'en passe. Stuart Dawson – il va à St. Luke. Je suis contente pour elle, mais un peu jalouse aussi, je l'avoue. Je me demande où Guy a disparu.

Cathy dit que malgré la présence des profs, l'alcool a beaucoup circulé et des garçons se sont même fait piquer dans le parking en train de vendre des bouteilles de Southern Comfort*.

Aujourd'hui, on a encore travaillé aux enclos, puis on est allé à Tregonning faire les courses de la semaine.

Maintenant, je vois ce que veut dire

* Southern Comfort : boisson alcoolisée et liquoreuse très populaire dans le sud des États-Unis.

Cathy par « c'est une petite ville ». Je suis restée dans la voiture – elle m'avait prévenue qu'à Tregonning, rien que d'acheter une miche de pain peut prendre une demi-heure, parce qu'il faut s'arrêter bavarder avec chaque personne qu'on croise, ce qui n'est pas vraiment ma tasse de thé. En plus, elle avait raison : elle a bien croisé une dizaine de personnes avant même d'avoir fait cinquante mètres dans la rue. Je suppose que tout le monde connaît tout le monde à Tregonning. Mais la ville a l'air familiale et sympathique.

9 juillet

Voilà, tout est arrangé pour que je puisse aller à Buntleigh lundi, si je veux. Je me sens un peu bête d'écrire des petits mots à Cathy alors que je suis chez elle. Malgré tout, hier soir, je lui ai écrit juste pour lui dire que, lundi, j'aimerais prendre le train pour Buntleigh.

« Tu veux que je vienne avec toi ? » m'a-t-elle demandé. Mais j'ai répondu « non » de la tête. J'y avais déjà réfléchi. J'espère ne pas l'avoir vexée. Je ne pense pas. « D'accord, je m'en occupe. Papa doit aller à Tregonning lundi chercher des papiers pour la vente aux enchères. Il te déposera à la gare. »

C'est un peu comme pousser un caillou dans une pente. Une fois qu'on l'a poussé, même s'il provoque un glissement de terrain, tout ce qu'on peut faire c'est le regarder.

10 juillet

Aujourd'hui, Cathy a voulu me faire monter sur une Mobylette et puis à cheval. J'avais déjà fait du vélo-cross chez une amie quand j'étais petite, mais maintenant je n'ai plus ni courage ni confiance. Mais je me suis laissé tenter par le cheval, même si j'étais complètement angoissée.

C'était un animal plutôt paisible (il n'était pas beaucoup plus vif que moi) et il trottinait dans le paddock derrière le cheval de Cathy sans faire d'histoires. Je me demande même s'il aurait avancé si Cathy n'avait pas été là. En tout cas, j'ai bien aimé. Un jour, je m'en irai galoper à travers les montagnes, dans le soleil couchant — le plus grand cliché au monde — et j'adorerai.

Ce matin, M. et Mme Preshill sont allés à l'église, mais ils ne nous ont pas obligées à venir. J'ai apprécié. Pendant ce temps, on a préparé le déjeuner et nettoyé la cuisine.

Ce soir, je me suis baladée avant qu'il fasse nuit, j'ai regardé le soleil se coucher. Quel spectacle ! Quelle paix ! La terre de « Moonibah » me semble le coin le plus serein du monde. Je me suis appuyée sur une clôture et j'ai contemplé la vallée. Le bétail broutait, relevant la tête de temps en temps pour faire une pause digestive, un lapin détalait à petits bonds pressés à travers champs, rien d'autre ne bougeait. Je n'avais que demain en tête. Je sais qu'il y a une chance sérieuse pour que je le vois. Ce ne devrait pas être bien difficile dans un petit hôpital de campagne et j'ai toute la journée devant moi. Le pire qui puisse arriver, c'est que, pour une raison ou une autre, il ne vienne pas — si, par exemple, sa main est guérie. Et si je le vois, alors quoi ? Est-ce que je resterai cachée à l'observer sans lui faire savoir que je suis là ? C'est sans doute ce qu'il faudrait faire. Mais je ne peux pas le savoir à l'avance. Tout me fait peur, mais je sais parfaitement ce dont j'ai le plus peur – je l'ai toujours su. J'ai peur qu'il me déteste. Peur qu'il ne me pardonne jamais toutes les erreurs, tout le mal que j'ai fait depuis quinze mois. Je veux qu'il me prenne dans ses bras et qu'il me pardonne et qu'il me dise que tout va bien, comme lorsque j'avais six ans. Voilà ce que je veux. On pourrait peut-être s'acheter une ferme pareille à celle-ci pour y vivre heureux le restant de nos jours, loin des regards et des commérages.

Demain, demain, demain. Les Preshill doivent trouver que je suis une invitée bizarre. À cet instant précis, je n'ai qu'une envie, être seule. Tout ce à quoi je peux penser c'est ce qui risque d'arriver à Buntleigh. Je l'imagine m'apercevant et son visage devient froid et dur, et il passe devant moi comme si je n'existais pas. Sa lettre est la seule chose qui me donne le courage d'aller jusqu'au bout. Mais les mots et la réalité sont des choses tellement différentes. Ce que les gens écrivent et ce qu'ils font, ce qu'ils disent lorsqu'ils sont devant vous, ne sont pas nécessairement liés. Prenez les lettres de ma mère, par exemple, si vous les lisez, vous pensez forcément qu'elle m'aime vraiment.

11 juillet

« Ainsi donc, le grand jour a commencé ce matin », comme j'ai entendu un commentateur sportif le dire une fois à la télé. M. Preshill m'a conduite jusqu'à Tregonning, il a acheté mon billet de train, il m'a demandé si j'avais assez d'argent sur moi, il m'a donné l'adresse de sa sœur à Buntleigh, en cas de soucis, et il m'a indiqué les horaires des trains du retour. Il était certainement un peu inquiet pour moi, mais ce que j'ai apprécié, c'est qu'aucun des Preshill ne m'a demandé pourquoi j'allais à Buntleigh. Ça change de Mme Graham, à Warrington !

Le voyage fut court – en un sens en tout cas. Je suis arrivée là-bas peu après neuf heures ; c'était exactement ce que je voulais. Même depuis la gare, il était facile de trouver l'hôpital. Quelque chose dans ces bâtiments-là les distingue toujours des autres, comme les écoles et les prisons. L'hôpital était à mi-hauteur d'une colline, une colonie de toits rouges, de grosses cheminées et de parkings avec une extension moderne qui s'étirait le long de la colline. Je ne savais pas du tout comment j'allais m'y prendre pour me diriger une fois sur place, mais ça s'avéra plutôt facile — une série de panneaux signalait la direction à suivre pour la consultation externe — c'était forcément là qu'il allait. Dans la partie moderne, au rez-de-chaussée. J'ai poussé les battants de la porte et je suis entrée, m'appliquant à ne pas avoir l'air d'hésiter. Après tout, si je devais être à mon aise quelque part, c'était bien dans un hôpital.

Il y avait un monde fou, pourtant la salle d'attente était vaste. Les gens me dévisagèrent avec curiosité ou se détournèrent, gênés, feignant de ne pas me remarquer. Je n'avais pas fait trois pas vers la salle d'attente qu'une infirmière m'arrêta — ce qui n'entrait pas tout à fait dans mes plans.

— Vous voulez voir un docteur? demanda-t-elle.

J'estimai plus simple d'entrer dans le jeu, sinon d'autres questions risquaient de suivre. De toutes manières, un si grand nombre de gens attendaient qu'en m'inscrivant à la consultation, j'étais sûre d'obtenir un répit d'au moins une heure ou deux dans les lieux. Alors, j'ai dit « oui » de la tête.

— Très bien. Remplissez ce formulaire s'il vous plaît et portez-le à l'accueil.

Ce n'était pas compliqué. À l'accueil,

on m'a dit de m'asseoir et d'attendre qu'on appelle mon nom. Je me suis assise dans un coin, un peu nerveuse et j'ai commencé à monter la garde. Je ne dirai pas que ce fut l'attente la plus longue de ma vie, parce qu'il y en a d'autres dans le genre qui cotent assez haut, en tout cas elle m'a paru au moins équivalente.

Alors, je me suis mise à réfléchir au chemin qui m'avait conduite à la consultation externe de l'hôpital d'une petite ville dont j'avais à peine entendu parler quelques semaines plus tôt. La petite fille que j'avais été un jour était bien loin désormais. Mon Dieu, quand je pense à quel point je rêvais d'être adulte ! Je faisais toutes ces choses que font les petites filles ; je m'habillais avec les vêtements et les souliers de ma mère. Il y avait une photo de moi habillée comme ça, que mon père avait prise un jour, mais je ne l'ai pas vue depuis longtemps. Je me demande où elle peut être ? Je m'imaginais belle comme une star, bien maquillée, comme ma mère, laissant derrière moi un parfum exotique et envoûtant. Je faisais des rêves à l'eau de rose dans lesquels j'habitais une immense maison à la campagne avec des douzaines de chevaux, des domestiques, je donnais de grands dîners. Des histoires à l'eau de rose. À l'âge de huit ans, j'ai harcelé mon père des jours et des jours pour qu'il m'achète un cheval, sans me soucier du peu de logique de cette idée étant donné l'endroit où nous vivions à l'époque. Il répondait invariablement : « On verra. Dans un ou deux ans peut-être. » Alors, j'ai fini par abandonner.

Je me demande ce qui est mieux, en réalité. Car, à la réflexion, il a travaillé très dur pour gagner de l'argent afin de nous gâter – le ski, des beaux vêtements, des jolies maisons, des voitures – mais, à côté de ça, je ne le voyais que rarement et lui n'a jamais eu le temps de profiter de tout ce qu'il achetait. Ma mère, oui, en revanche : elle a mené la grande vie. Alors, je ne sais vraiment pas ce qui est préférable. Je détesterais être pauvre, mais regardez ce que nous sommes devenus après ces années de dur travail – une famille éparpillée, un père en prison, une mère remariée à un salaud et qui ne s'intéresse qu'à elle-même et une fille muette dont le visage ressemble à de la viande hachée crue. Je me rappelle une affiche que j'ai vue un jour dans une gare – une secte religieuse l'avait sans doute collée –, elle disait : « Aucun homme n'a réussi, s'il a raté sa vie privée. » Alors, à quoi sert la réussite de mon père ?

Mais le drôle, le triste, l'étrange dans tout ça, c'est qu'après tous les drames, tous les moments pénibles, la seule personne avec qui je me sente un véritable lien, la seule avec qui je pourrais, un jour, reconstruire quelque chose, c'est mon père. Je crois qu'il n'existe pas une chance sur un million pour que quelqu'un puisse le comprendre. Je ne suis même pas sûre d'y parvenir, moi — n'empêche, c'est ainsi. Je sais que je devrais le détester mais, le soir où j'ai échangé des petits papiers avec Lisa, j'ai pris conscience que ce n'était pas le cas. Après tout, l'acide a peut-être rongé mes cellules jusqu'au cerveau et détruit mes facultés de saine réflexion.

Nous nous ressemblons pour certaines choses, pas pour d'autres. Nous trouvons tous les deux difficile — voire impossible — de dévoiler nos sentiments. Je crois que j'ai hérité de sa puissance de travail. (Du moins, je le croyais, aujourd'hui je ne sais plus si c'est vrai.) Nous aimons tous les deux le ski et les activités physiques et de plein air. Mais, j'analyse plus à fond que lui les choses. Je croyais aussi que je ressentais les choses plus profondément que lui, mais il a prouvé, il me semble, que c'était faux. Nous avons tous les deux un caractère épouvantable, mais j'ai appris à contenir le mien.

Le plus terrible de tout c'est de savoir qu'il était si fier de moi quand j'étais petite. Je sais bien qu'il ne me l'aurait jamais montré non plus, il ne m'a jamais fait beaucoup de compliments, mais je crois qu'à une certaine époque il a été réellement fier de moi. Même ma mère me l'a dit. Aujourd'hui... avoir perdu cela rend les choses beaucoup plus douloureuses à supporter. Et, assise sur mon banc d'hôpital, occupée à remuer toutes ces pensées, mes yeux se gonflèrent de larmes encore une fois.

Me plonger dans tous ces souvenirs m'avait fait patienter un long moment, aussi ai-je commencé à m'inquiéter que mon nom soit appelé et qu'il me faille voir un médecin, que je n'avais aucune raison de voir, ni aucune intention de voir. Si on m'appelait, j'étais prête à sortir avec discrétion de la consultation externe. Je m'étais installée dans un coin d'où je voyais parfaitement l'entrée principale, mais il y avait tant d'autres entrées et sorties qu'il était difficile de ne pas perdre de vue toutes les allées et venues des gens.

Il y avait une grosse activité, pour un petit hôpital. Toutes les cinq minutes, une infirmière apparaissait sur le seuil de la porte de la salle des consultations, elle lançait un nom d'une voix forte et le patient suivant se dirigeait vers elle. Chaque fois, je me ratatinais davantage dans mon petit coin.

Puis, tout s'est accéléré. Pour la centième fois de la matinée, l'infirmière est sortie de la salle des consultations, elle a consulté le formulaire qu'elle tenait dans les mains, elle a relevé la tête et elle a ouvert la bouche. J'ai entendu mon nom, prononcé clairement et intelligiblement pour une fois, il résonnait successivement d'un banc à l'autre. Prise de panique, je me suis dressée. Sur ma droite, derrière moi, il y a eu comme une agitation, un frisson de surprise (ce sont des choses que l'on sent) de la part d'une personne qui venait d'entrer par une porte latérale. Je me suis tournée d'un bloc, je savais. Il avait maigri.

— Marina ! dit-il.

— Bonjour, papa, ai-je répondu.

Rien ne bougeait, l'air était immobile. Mon père, qui ne manifeste jamais rien, m'entoura maladroitement de ses bras. Il me tenait serrée, je sentais ses côtes, mais je savais combien c'était difficile pour lui. Je me suis agrippée à lui comme j'ai pu, la gorge gonflée de mots. Nous pleurions tous les deux, je crois bien. Les gens nous regardaient, j'étais gênée, mais je ne voulais pas le lâcher. Nous avions parcouru un chemin si long pour arriver à cette étreinte : c'était bien qu'elle se prolongeât.

Je me suis éclairci la gorge et j'ai essayé ma voix une fois encore : « J'ai tant de choses à te dire... »

Castor Poche

Des livres pour toutes les envies de lire,
envie de rire, de frissonner, envie
de partir loin ou de se pelotonner dans un coin.

Des livres pour ceux qui dévorent.
Des livres pour ceux qui grignotent.
Des livres pour ceux qui croient ne pas aimer lire.
Des livres pour ouvrir l'appétit de lire et de grandir.

Castor Poche rassemble des textes du monde entier ; des récits qui parlent de vous mais aussi d'ailleurs, de pays lointains ou plus proches, de cultures différentes ; des romans, des récits, des témoignages, des documents écrits avec passion par des auteurs qui aiment la vie, qui défendent et respectent les différences. Des livres qui abordent les questions que vous vous posez.

Les auteurs, les illustrateurs, les traducteurs vous invitent à communiquer, à correspondre avec eux.

Castor Poche
Atelier du Père Castor
4, rue Casimir-Delavigne
75006 PARIS

Castor Poche

Castor Poche, des livres pour toutes les envies de lire : pour ceux qui aiment les histoires contemporaines qui parlent de la vie de tous les jours, ici mais aussi dans d'autres pays. Voici une sélection de romans qui se passent aujourd'hui.

5 **Le fauteuil de Grand-Mère** — Junior

par Charlotte Herman

Sheila, la jeune Américaine, est furieuse. Elle vient d'apprendre qu'à dix ans elle va devoir partager sa chambre avec sa grand-mère. Pourtant, très vite, une complicité se noue entre elles, et Sheila fait tout ce qu'elle peut pour rendre la vie de sa grand-mère plus douce. Sheila ne manque pas d'idées mais elles sont rarement appréciées par sa grande sœur et ses parents...

13 **David l'étrange** — Junior

par Veronica Robinson

Un garçon de treize ans vient d'emménager dans une maison voisine. Les enfants cherchent à faire sa connaissance, mais le nouveau venu leur semble bizarre, étrange... C'est que David n'entend rien : il est sourd de naissance. Les enfants réussiront-ils à communiquer, à se comprendre ?

22 **L'autre** — Senior

par Andrée Chedid

Tôt le matin, Simm traverse un village paisible, quand tout à coup, tout bascule dans un tremblement de terre.

De toutes ses forces, de toute son âme, Simm cherche à sauver le jeune étranger avec lequel il a échangé un regard, une complicité, quelques secondes avant le drame.

26 **Le secret de Jeremy** **Junior**
par Patricia Hermes

À l'idée d'aller dans une école inconnue, Jeremy, dix ans, est prise de panique. C'est qu'elle a un lourd secret qu'elle ne peut partager avec ses amies, un secret que même ses grands-parents n'aiment pas évoquer. Maintenant tout le monde risque de le découvrir...

28 **Une difficile amitié** **Junior**
par Marilyn Sachs

L'amitié de Peter et de Veronica n'est pas très appréciée par leur entourage. Et le printemps de ses treize ans va ressembler pour Peter à un combat sur tous les fronts : contre ses parents, contre les copains, et même contre Veronica..

30 **Quitter son pays** **Junior**
par Marie-Christine Helgerson

Meng, ses petites sœurs et ses parents fuient la guerre qui ravage leur pays, le Laos. Après une longue marche dans la jungle inhospitalière, après une traversée dramatique du Mékong en crue, après la peur et la faim, la famille Xiong, épuisée, arrive en Thaïlande. Existe-t-il une terre d'accueil où Meng et les siens retrouveront leur joie de vivre ?

40 **La flûte tsigane** **Junior**
par Bertrand Solet

La vie quotidienne de Yoska et des siens ne ressemble pas tout à fait à la nôtre. Ils aiment s'en aller sur les routes de France, loin de la ville. « Nous ne sommes pas des nomades, dit sa sœur Paprika d'un air fier, mais des Tsiganes de la tribu des roms. » Le monde bouge et change, il y a de fascinantes machines, et l'école... Il faudrait à la fois rester tsigane et vivre comme les autres. Est-ce possible ? Et les autres surtout, accepteront-ils Yoska ?

73 **Comme à la télé** — **Junior**

par Betsy Byars

Lennie, Américain de onze ans, vit seul avec sa mère qui tient un petit hôtel. Il se gorge de télévision et ne vit qu'à travers elle. Sa seule joie est de s'introduire dans une résidence où son imagination trouve à se nourrir. Mais un jour, surpris, Lennie va vivre une douloureuse aventure, et du coup la télévision va lui paraître bien fade.

79 **Ganesh** — **Senior**

par Malcolm J. Bosse

Ses quatorze premières années, Jeffrey les vit en Inde où ses parents, venus d'abord pour affaires, ont choisi de rester. Une tragédie vient déraciner Ganesh (c'est le nom indien de Jeffrey) de son Inde natale et le force à gagner l'Amérique, sa terre d'origine dont pourtant il ne sait rien. Il s'y sent étranger. L'incompréhension entre ses camarades et lui diminue peu à peu, mais une menace inattendue vient remettre en question ce qui compte le plus pour lui.

80 **Derrière les visages** — **Senior**

par Andrée Chedid

Neuf nouvelles, situées pour la plupart en Égypte et au Liban, cherchent à parler du cœur universel des hommes, de ces vrais visages qui existent derrière l'âge, le pays, la condition. Ces récits s'enracinent dans le concret, embrassent la cruauté de la vie, mais aussi l'espoir et l'amour.

82 **La dernière chance** — **Senior**

par Robert-Newton Peck

Collin, à quinze ans, trouve la vie plutôt assommante. Le collège ? Les parents ? Les copains ? Rien ni personne ne trouve grâce à ses yeux. Et voilà que son père l'emmène dans un trou perdu, chez un viel homme solitaire. Collin est là pour « apprendre ». Il aprendra que la vie ne fait pas de cadeau mais que c'est peut-être ce qui en fait le sel...

86 **Balles de flipper** **Junior**
par Betsy Byars

Trois enfants délaissés par leurs parents respectifs, sont placés chez M. et Mme Mason. Carlie (quatorze ans), Harvey (treize ans), et Thomas (huit ans) ne se sentent pas plus responsables de leur destin que des balles de flipper. Mais lorsque Harvey sombre dans un profond désespoir, Carlie et Thomas sont prêts à se battre pour lui redonner goût à la vie...

87 **Plus de gym pour Danny** **Junior**
par Helen Young

Danny, un jeune Anglais très sportif, est sujet à des crises d'épilepsie. Tout l'entourage est au courant et le considère comme un enfant normal. Il n'en est fait ni drame ni mystère. Mais le nouveau professeur de gymnastique, effrayé, lui interdit la natation et tous les sports. Comment Danny, privé de son activité favorite, va-t-il réagir ?

93 **Viou** **Junior**
par Henri Troyat

Depuis la mort de son père, Viou vit chez ses grands-parents. Sa mère travaille à Paris et ne vient pas souvent la voir. Seule la tendre complicité du grand-père vient rompre la monotonie de la vie de Viou. Mais lorsque celui-ci disparaît à son tour, c'est tout l'univers de Viou qui bascule de nouveau...

99 **Les chants du coquillage** **Junior**
par Jean-Marie Robillard

Neuf nouvelles qui se déroulent sur les rivages marins, et qui nous invitent à la découverte de sa faune, de ses paysages, de ses habitants. « Nanou », « le rat », « le congre », etc. relatent des épisodes de cette vie accrochée à la mer, parfois drôle, parfois dangereuse mais toujours émouvante pour celui qui apprend à l'écouter.

104 **Mon pays perdu** **Senior**

par Huynh Quang Nhuong

Quinze récits, souvenirs d'une enfance vietnamienne, dans un hameau en lisière de la jungle. Une nature extrêmement rude et impitoyable, des êtres dont la vie est menacée chaque jour de mort violente. Amies ou ennemies, il faut apprendre à vivre avec ces créatures sauvages.

107... **Et puis je suis parti d'Oran** **Senior**

par Lucien-Guy Touati Oran,

septembre 1961. En toile de fond, la guerre d'Algérie qui sévit depuis sept ans. Mais pour Lucien, c'est l'aube d'une année scolaire semblable aux autres, avec ses amitiés et ses doutes d'adolescent. Pourtant un matin de mars 1962, Lucien se retrouve sur le pont d'un bateau qui l'emmène vers la France avec sa mère et ses frères et sœurs. Pourquoi ce départ ? En six mois, que s'est-il passé ?

109 **Le sixième jour** **Senior**

par Andrée Chedid

Dans la crainte permanente des dénonciations, la vieille Om Hassan tente seule de sauver son petit-fils atteint du choléra. Pendant six jours et six nuits, elle repousse le découragement et insuffle à l'enfant malade sa force de vivre. Du cœur de l'Égypte, elle entreprend avec lui un long voyage vers la mer salvatrice.

116 **Un chemin en Cornouailles** **Senior**

par John Branfield

Frances s'attache, peu à peu, à l'un des patients de sa mère, infirmière dans un village de Cornouailles anglaise. Ancien fermier, chercheurpassionné d'épaves et de minéraux, ce vieil homme de quatre-vingt-dix ans a conservé intacte une grande vivacité d'esprit teintée d'humour. ans a conservé intacte une grande vivacité d'esprit teintée d'humour. Que de richesses à partager avec Frances...

122 **Manganinnie et l'enfant volé** **Junior**

par Beth Roberts

1830 en Tasmanie, au large de l'Australie. À la suite d'une attaque de colons blancs, une vieille aborigène, Manganinnie, est brutalement séparée de sa tribu. Elle la recherche désespérément en suivant le cycle des migrations ancestrales. Un jour, elle enlève une petite fille blanche pour l'élever comme un enfant de sa tribu, et lui transmettre les lois et les légendes de son peuple perdu. Que deviendront-elles toutes les deux ?

130 **Les 79 carrés** **Senior**

par Malcolm J. Bosse

Lorsqu'il fait la rencontre de M. Beck, Éric est au bord de la délinquance. À quatorze ans, il rejette tout de la société, et ses parents comprennent mal la confiance qu'Éric accorde à ce vieil homme, ancien détenu. Pourtant, c'est auprès de lui qu'Éric va réapprendre à VOIR le monde qui l'entoure... Mais bientôt, le village entier se ligue pour les séparer.

137 **La reine de l'île** **Junior**

par Anne-Marie Pol

Au large des côtes bretonnes se dresse l'île de Roc-Aël. Liselor et Grand- Père y vivent seuls, heureux, dans le vieux manoir familial délabré. Pourtant, à la veille de ses douze ans, Liselor sent ce bonheur menacé. Quel est donc le secret qui tourmente de plus en plus Grand-Père ?

143 **Prochain rendez-vous dans le pot de fleurs** **Junior**

par Marilyn Sachs

La vie n'est pas comme dans les romans, c'est du moins l'avis de Rebecca, quatorze ans. Il ne lui arrive jamais rien d'exaltant... Jusqu'au jour où de nouveaux voisins viennent s'installer dans l'appartement d'à côté. Tout va changer pour Rebecca.

144 **Mon ami Chafiq** **Senior**

par Jan Needle

Un matin, Bernard, le jeune Anglais, voit Chafiq, un garçon pakistanais de sa classe, disperser une bande occupée à lancer des briques sur des « petits mangeurs de curry ». Un peu malgré lui, Bernard se retrouve impliqué dans l'affaire. Une difficile amitié naît entre les deux garçons. Arriveront-ils à éviter la violence grandissante qui les entoure ?

147 **Perdu dans la taïga** **Junior**

par Victor Astafiev

Deux courts récits inspirés de l'enfance de l'auteur dans sa Sibérie natale. Vassia, treize ans, s'égare dans l'immensité de la taïga. Loin de se décourager, il marche des jours durant à la recherche du fleuve qui le conduira chez lui.

Sous les yeux de Girmantcha, ses parents disparaissent dans le fleuve en furie. Le voici orphelin. Que va-t-il devenir ?

154 **Les enfants Tillerman (tome 1)** **Junior**

par Cynthia Voigt

Premier volume de la saga des enfants Tillerman. Les quatre enfants, entre sept et treize ans, se retouvent seuls sur un parking. Leur mère, partie faire une course, ne revient pas. Que faire ? Sous la conduite de Dicey, l'aînée, les enfants se mettent en route, à pied, pour la maison d'une grand-tante inconnue où devait les conduire leur mère, à plus de cent kilomètres...

157 **Rude journée pour Sara** **Junior**

par Betsy Byars

Sara vit mal l'été de ses quatorze ans. Tantôt tout va bien, tantôt, l'instant d'après, tout s'écroule : elle ne peut plus rien supporter ni personne. Même Charlie, ce petit frère qu'elle adore, lui semble alors bien encombrant. Des cygnes se posent sur le lac et leur arrivée fait basculer dans le drame la tragicomédie des vacances.

160 **Les enfants Tillerman (tome 2)** **Junior**

par Cynthia Voigt

Suite de la saga des enfants Tillerman. La cousine Eunice, qui les a recueillis tous les quatre, parle de les adopter, mais elle trouve qu'à sept ans, Sammy est beaucoup trop indiscipliné, et elle envisage de le « placer ». Alors, Dicey, treize ans, entraîne une nouvelle fois ses frères et sœur sur les routes. Leur grand-mère maternelle, qu'on dit bizarre, n'est-elle pas leur dernière chance de trouver un foyer ? La route est longue jusqu'à chez elle et les embûches ne manquent pas...

170 **L'odeur de la mer** **Junior**

par Philippe Barbeau

Vermillon et ses dix copains de classe en font voir de toutes les couleurs à leurs instituteurs qui se succèdent à un rythme accéléré... Mais arrive M. Meunier, aussitôt surnommé « la Taupe ». D'abord victime de mauvais tours, la Taupe se fait peu à peu accepter. Les enfants découvrent au fil des jours le plaisir d'une autre école et se lancent dans l'aventure...

177 **Enfant de la samba** **Junior**

par Miriam Cohen

À Rio de Janeiro, c'est la fièvre qui précède le carnaval. Maria Antonia, qui danse comme elle respire, espère de toutes ses forces être choisie comme Reine des enfants pour le défilé. Mais arrive Teresinha. Maria brûle d'angoisse et de jalousie. Et si cette intruse allait lui « souffler » sa place ?

181 **Je suis née en Chine** **Senior**

par Jean Fritz

Jean, onze ans, est née et a grandi en Chine, mais elle se sait et se veut américaine. Elle ne rêve qu'au jour où elle partira pour ce pays qu'elle ne connaît pas. Mais la révolution gronde dans les rues d'Hankéou. Le départ tant attendu se fera dans la précipitation et sous le signe du danger...

188 Le survivant **Senior**
par Andrée Chedid

En pleine nuit, Lana apprend par téléphone que l'avion dans lequel son mari, Pierre, a embarqué quelques heures plus tôt, s'est écrasé dans le désert. Il n'y a qu'un survivant. Lana, convaincue qu'il s'agit de Pierre, part à la recherche de l'homme qu'elle aime, à travers oasis, villages, désert, solitude...

199 Le prix d'un coup de tête **Junior**
par Gérard Hubert-Richou

Stéphanie, onze ans, est l'aînée de quatre enfants. Elle comprend les difficultés financières que rencontrent ses parents mais elle a l'impression d'en faire seule les frais. Un beau jour, sur un coup de tête, elle décide de s'en aller. En attendant le train qui l'emmènera au soleil, un étrange individu l'aborde courtoisement : « Bonjour princesse, je vous ai reconnue... ».

201 Jamais deux sans trois **Junior**
par Thea Dubelaar-Balzamont

Malgré le panneau « défense d'entrer », les jumeaux Rob et Rose pénètrent sur un chantier de construction. À l'aide d'une planche, ils descendent explorer les recoins d'une fosse aux murs de béton. Mais la planche casse... Les jumeaux sont bloqués au fond. Une petite fille entend leurs appels. Elle tente de les aider à sortir mais glisse à son tour. Ils sont trois maintenant dans le trou et la nuit tombe...

202 La chanson de Dicey **Junior**
par Cynthia Voigt

Après un été d'errance, les enfants Tillerman vivent chez Gram leur grand-mère. Gram ne se laisse pas facilement apprivoiser. L'acclimatation n'est simple pour aucun des quatre enfants. Un drame et un profond chagrin fourniront l'occasion de découvrir la force des liens qui se sont tissés entre les enfants et la vieille dame...

203 **Hot-dog ou petit pain au chocolat** **Junior**

par Marie Page

Nés d'un père britannique et d'une mère française, Alex treize ans, et sa jeune sœur Caroline vivent depuis toujours au Québec. Ils se sentent « internationnaux » comme le dit Alex dans ses mémoires qu'il rédige en secret. Mais Caroline découvre le livre de son frère et n'hésite pas à intervenir à sa façon...

212 **Un barrage dans la vallée** **Senior**

par Jacques Delval

Marcel découvre, fasciné, la vallée qui s'étale sous ses yeux, baignée de soleil. Après sa vie parisienne mouvementée, a-t-il enfin trouvé l'endroit paisible qui lui permettra de reprendre son souffle ? Marcel ne se doute pas que ce village perdu de Haute-Provence cache, lui aussi, un secret. Un danger mortel plane sur ses terres, ses vignes, sur ses oliviers et ses maisons...

224 **Marika** **Junior**

par Anne Pierjean

Dans une école de montagne, Marianne Arly accueille une nouvelle parmi ses élèves. Mais Marika est différente des autres, avec son regard de renard pris au piège et elle se montre agressive. D'où vient-elle ? se demande Chris, pourtant prêt à lui offrir son amitié. Avec l'aide de Marianne, il tente d'apprivoiser la « sauvageonne »...

228 **Lucien et le chimpanzé** **Senior**

par Marie-Christine Helgerson

Dans un village près de Mâcon vivent le Grand-père et Lucien, un garçon de neuf ans dont les yeux immenses ignorent les gens et que tous appellent « la bête ». Au château, deux jeunes professeurs s'installent pour tenter une expérience : communiquer par gestes avec un chimpanzé. Et si, au contact du singe, Lucien apprenait à parler avec les gens... ?

231 **Mélodine et le clochard** **Senior**

par Thalie de Molènes

Un clochard sort de l'ombre, se penche sur la vitrine éclairée de la librairie, et lit passionnément un ouvrage d'astronomie... Il reviendra chaque jour et sa présence insolite servira de révélateur aux habitants de l'immeuble, en particulier à Mélodine et à Florence, sa grand-mère qui l'a élevée...

232 **Personne ne m'a demandé mon avis** **Junior**

par Isolde Heyne

Inka vit dans un foyer pour enfants en R.D.A. À l'occasion de son dixième anniversaire, elle exprime deux souhaits : avoir des parents adoptifs et être admise à l'École de sport. Un jour, dans la rue, une femme l'aborde à la dérobée, et lui annonce que sa mère, qu'elle croyait morte, vit en R.F.A. Loin de la réjouir, cette révélation inquiète Inka qui craint que sa vie n'en soit bouleversée.

237 **Coutcho** **Junior**

par José Luis Olaizola

La grand-mère de Coutcho n'y voit pas grand-chose et a de plus en plus de mal à exécuter des travaux de couture. Débrouillard, Coutcho, à neuf ans, trouve des petits métiers pour rapporter un peu d'argent à la maison. Les rencontres qu'il fera dans les rues de Madrid résoudront finalement bien des problèmes...

243 **Le lundi tout est différent** **Junior**
par Christine Nöstlinger

Tous les lundis, Kathi va coucher chez Lady, sa grand-mère de qua- rante-sept ans, tout à fait fantaisiste... Découvrant que Kathi a des poux, Lady la convainc de couper ses cheveux. Kathi accepte à la condition que sa grand-mère lui fasse une coiffure punk. À l'école, à la cantine, la coiffure de Kathi va faire beaucoup parler d'elle...

245 **Les manèges de la vie** **Senior**
par Andrée Chedid

Sept nouvelles composées d'actualités, de mémoires, de faits divers, qui se déplacent en divers points du globe pour toujours parler d'amitié, d'amour, de ces vies ordinaires métamorphosées par la souffrance, l'émotion.

246 **Les voleurs de lumière** **Senior**
par Victor Carvajal

Dans chacun de ces huits récits, un enfant prend la parole. Selon ce qu'il est - son courage, ses rêves et sa propre expérience -, il raconte la vie dans les bidonvilles du Chili quand, pour survivre, il faut résoudre autant de problèmes qu'il y a de jours dans l'année. Un fil conducteur relie toutes ces histoires : l'espoir, le goût de vivre et d'aimer...

249 **À bientôt Maman !** **Junior**
par Henryk Lothamer

Tous les enfants sont fous de joie de préparer leur départ pour la colonie de vacances. Seul, dans son coin, Alek écrit à sa mère. Même ses meilleurs amis ignorent cette correspondance. Alek a un second secret : un petit miroir rond qu'il prétend tenir de sa mère. Avant de s'endormir, Alek le presse contre sa joue et vit des aventures étonnantes...

253 **Pour une barre de chocolat** — **Junior**

par John Branfield

Sarah est diabétique depuis l'âge de neuf ans, mais elle a beau savoir qu'il y va de sa vie, qu'il lui faut ces injections d'insuline, elle clame sa révolte : c'est injuste, pourquoi elle ? Crises de larmes et scènes familiales, trêves et reprises des hostilités, l'univers de Sarah n'est que montagnes russes...

254 **Le héron bleu**
Les enfants Tillerman — **Senior**

par Cynthia Voig

Jeff a sept ans lorsque sa mère quitte la maison. Le garçon grandit dans la hantise de décevoir son père qu'il appelle « le Professeur ». Invité par sa mère, le temps des vacances, Jeff est à nouveau séduit par son charme et sa vivacité. Il ne vit plus que dans l'attente d'une nouvelle rencontre. Un rêve ruiné l'été suivant...

260 **Moi, Alfredo Perez** — **Junior**

par Marie-Christine Helgerson

« Ma famille et moi avons quitté le Mexique pour un pays riche : les États-Unis. Riche ? Pas pour tout le monde. J'ai été ramasseur de fruits, laveur de vaisselle. Mais j'ai aussi mis en route un vieux projet : dénicher des choses rares et les vendre. J'ai longtemps trié des masses de camelote, jusqu'au jour où... »

261 **Rendez-vous sous l'horloge** — **Junior**

par Isolde Heyne

Inka vit avec sa mère en R.F.A. depuis maintenant quatre ans. Un voyage de classe va lui permettre de retourner dans son pays natal, la R.D.A et de retrouver à Berlin Est son amie Tutty. Pour Inka, il est bien difficile de se faire une nouvelle vie...

266 **Gaufrette, Petit-Beurre et Chocolat** Junior
par François Schoeser

Gaufrette, Petit-Beurre et Chocolat, ce n'est pas seulement un bon goûter, mais aussi trois amies inséparables qui ont des idées plein les poches. Il y a Elsa, la blonde aux taches de rousseur, Fatima, café au lait, et Eugénie noire et crépue. Difficile de faire accepter cette amitié aux copains, aux parents surtout !

269 **Ma grand-mère et moi** Junior
par Achim Bröger

Au retour de l'école, Julia s'étonne de ne pas voir sa grand-mère à la fenêtre comme tous les jours. Elle se précipite et la trouve endormie sur son lit, très pâle. Grand-mère est malade. Est-ce grave ? Julia découvre en Dirk un véritable ami qui comprend tout, même l'inquiétude de Julia.

275 **Ernest ou le passé composé** Junior
par Patrick Vendamme

Les travaux de l'autoroute proche divisent les habitants du village de Roquevières. Dans leur hôtel-bar, le couple Marmousset accueille deux jeunes enfants. Aicha et Thomas, curieux de tout, rencontrent Ernest, gardien du château en vente depuis des années. Le vieil homme solitaire cherche un moyen d'arrêter les travaux qui menacent sa retraite...

278 **Merci, Barnabé !** Junior
par Christine Arbogast

Lorque Jonathan décide d'abandonner ses études pour ouvrir un restaurant réservé aux enfants, Barnabé, son jeune frère, est enthousiasmé et n'a qu'un désir : participer, lui aussi, à cette entreprise passionnante ! Mais tout ne se déroule pas aussi facilement que prévu...

Vivre aujourd'hui

281 **Jessie la Parfaite** **Junior**

par Andrea Balis et Robert Reiser

À dix ans, Jessie en a assez de se faire traiter de petite fille modèle et de chouchoute de la maîtresse. Alors, Jessie s'accorde de menus écarts de conduite. Rien de bien grave pour commencer, mais de petit mensonge en mensonge éhonté, elle va se retrouver aux prises avec des ennuis plus gros qu'elle.

284 **Carnets de bord** **Junior**

par les enfants de la Baleine Blanche

Huit garçons et filles de onze à seize ans qui ne se connaissaient pas se sont embarqués pour un an sur les deux voiliers de l'association la Baleine Blanche. Ensemble ils traversent deux fois l'Atlantique. Aventures, tempêtes, calmes plats, amitiés et brouilles, joies et peines, remplissent leurs journaux de bord.

291 **Une chèvre pour Yaya** **Junior**

par Nadia Wheatley

Même si l'Australie se trouve très loin de la Grèce, Mareka serait tout à fait heureuse d'y vivre. Mais sa grand-mère, sa Yaya, se sent perdue et malheureuse. Elle regrette son village et sa chèvre Poppy. Mareka a une idée !

296 **Pièce à conviction** **Senior**

par Bernard Ashley

Hold-up manqué àLondres. Sam, le chauffeur de taxi qui avait pris les bandits en charge, découvre dans son véhicule un objet qui pourrait bien servir de pièce à conviction. Il l'empoche. Grâce à cet objet clé, Sam espère tenir la dragée haute à la mafia qui terrorise le quartier, et par là protéger les siens. Mais c'est sa petite-fille, Paula, qui va devoir du haut de ses quatorze ans faire face au plus gros de la tourmente.

300 **La fièvre du mercredi** **Junior**
par Claude-Rose et Lucien-Guy Touati

Vincent et Nicole n'en peuvent plus. Leur emploi du temps du mercredi, prétendument jour de repos, est un vrai marathon... Comment faire comprendre aux parents qu'ils aimeraient respirer un peu le mercredi ?

301 **La croisade des grenouilles** **Senior**
par Stephen Tchudi

Depuis des années, David Morgan, seize ans, élève des têtards prélevés dans le marais pour les observer avant de les rendre à leur eau natale. Mais, ce printemps-là, David apprend la construction prochaine d'un grand centre commercial après assèchement des lieux ! Avec son ami Mike, David lance une enquête et tente d'enrayer le projet...

302 **Rue Planquette** **Junior**
par Sandrine Pernush

Elsa maudit Paris, la touffeur du mois d'août, cette rue Planquette où, désormais, elle devra habiter. « On » l'a forcée à déménager, « on » l'a arrachée à Bordeaux, à sa meilleure amie. Elsa refuse de commencer une nouvelle vie. Pourtant, un après-midi d'orage, elle aperçoit un garçon sous un parapluie rouge...

303 **Nouvelles d'aujourd'hui** **Senior**
par Marcello Argilli

Un éventail d'histoires courtes, à la fois cocasses, inquiétantes et tendres. La télévision, l'école, les robots, la magie des mots, les contes, le temps, le pouvoir de l'imagination Autant de thèmes, traités avec humour et un sens critique décapant, qui laissent à penser, à réfléchir.

305 L'enquête. Les enfants Tillerman **Senior**
par Cynthia Voigt
À seize ans, James est mal dans sa peau. Toujours brillant en classe, il reste un solitaire qui se lie difficilement. Il voudrait en savoir plus sur ce père qui a abandonné sa femme et ses quatre enfants. James tente d'entraîner son frère dans son enquête. Sammy se laisse prendre au jeu, qui bientôt n'en est plus un...

309 La maison en danger **Junior**
par Marilyn Sachs
La maison des Ours, Fran Ellen l'adore. C'est une maison de poupée. La maîtresse a dit que le soir des vacances elle la donnerait à l'élève le plus méritant. Fran Ellen sait bien que ce ne sera pas elle : elle suce encore son pouce - à dix ans ! - et d'ailleurs personne ne l'aime. En plus, à la maison, la vraie, rien ne va. Avec une volonté farouche, Fran Ellen va tenter de faire face.

312 La terre de Yenn **Senior**
par Jean Coué
Il y avait alors le Bréac'h du bas avec ses toits d'ardoises, sa mairie et son clocher piqué sur le mouvant du ciel. Et il y avait le Bréac'h du haut. C'était une autre vie, une autre terre, isolée dans la profondeur de ses pierres, de ses moissons tardives. Une vie dure que Yenn, l'enfant du Bréac'h du bas, décide d'affronter.

313 La maison retrouvée **Junior**
par Marilyn Sachs
Maman est guérie, la famille à nouveau réunie... Tout sera bientôt parfait, même si la petite sœur adorée tarde à se laisser réapprivoiser, même si la maison des Ours a durement souffert de ces deux ans d'abandon forcé. Mais rien n'est plus comme avant, Fran Ellen s'en aperçoit vite. Le plus dur sera de l'accepter, et d'accepter de grandir sans se laisser abattre.

315 **Tu avais promis !** **Junior**

par Kathy Kennedy Tapp

Passionnées par l'univers de Tarzan, Erin et son amie se sont aménagé un refuge secret. De cet endroit caché, Erin va faire une découverte qui la bouleverse... Que se passerait-il à la maison si sa mère apprenait la vérité ? Et ses projets de vacances ? Avec la joie de vivre de ses douze ans, Erin décide de se battre...

316 **Le défi d'Alexandra** **Senior**

par Scott O'Dell

Les Papidimitrios sont pêcheurs d'éponges depuis des générations. Au cours d'une plongée au large des côtes de Floride, le père est victime d'un accident. Sous la conduite de son grand-père, Alexandra décide de reprendre le difficile métier. Mais tous les dangers ne résident pas dans les profondeurs marines...

317 **Une page se tourne** **Senior**

par Jenny Davis

Edda, au seuil de l'âge adulte, se penche sur son enfance avec un regard lucide et tendre. La vie n'a pas toujours été facile pour son petit frère et elle. Leur mère a été durement marquée par la mort accidentelle de leur père, et le fait qu'elle soit tombée amoureuse de l'homme responsable de l'accident n'a pas simplifié les choses.

318 **Une grand-mère d'occasion** **Junior**

par Christine Arbogast

Finie la salle de jeux ! Les parents de Nicolas ont décidé d'y accueillir une pensionnaire. Et quelle pensionnaire ! La présence de Mme Ushuari va transformer bien des choses à la maison et dans la vie de Nicolas. Il faut dire qu'elle n'est pas une grand-mère comme les autres !

321 **L'enfant multiple** **Senior**

par Andrée Chedid

Marqué par la violence et la mort, Omar-Jo découvre Paris. Il rencontre Maxime le forain, qui laisse son manège à l'abandon. Et dans la nuit, les lumières s'allument, la musique éclate, la fête commence. L'enfant du malheur devient le messager de la joie.

323 **Drôle de Noël !** **Junior**

par Wolf Spillner

La grand-mère de Hans a pour seule compagnie un pigeon. L'animal vit dans sa cuisine, ce que sa belle-fille ne peut supporter. Le jour de Noël, il voit sa mère le pigeon mort à la main. Elle prétend l'avoir tué sans le vouloir. Hans tente alors de comprendre les sentiments de chacune.

325 **Le chasseur de Madrid** **Junior**

par José Luis Olaizola

Juan Lebrijano et sa famille quittent leur village pour s'installer à Madrid. Bientôt, Juan perd son emploi. Au cours d'une promenade dans un parc avec son fils Silverin il a l'idée de chasser les pigeons pour nourrir sa famille. C'est défendu par la loi, et Silverin va vivre bien des péripéties...

326 **Dégourdis à vos marques** **Junior**

par Edouard Ouspenski et Els de Groen

Bien des obstacles séparent Youri, soviétique, de Rosalinde, une amie hollandaise. Un concours international d'enfants modèles leur four- nira-t-il l'occasion attendue ? La sélection impitoyable des candidats et la présence de voleurs d'enfants se conjuguent pour offrir un récit plein de suspense et d'humour.

331 **Très chers enfants...** — Senior
par Christine Nötlinger

Ce recueil est celui des lettres qu'Emma, âgée de soixante-quinze ans, aurait aimé adresser à sa famille. Parfois ironique, toujours drôle, le ton est celui d'une grand-mère soucieuse du bonheur de son entourage... et du sien.

332 **Un bateau bien gagné !** — Junior
par Lee Kingman

Alec rêve depuis toujours d'avoir son propre bateau. Il est sûr de gagner celui de la tombola de la fête de la Mer. Hélas, il n'en est rien. Et la vieille dame qui a gagné le canot compte le mettre sur sa pelouse et le garnir de pétunias ! Alec ne peut laisser faire une telle horreur !

335 **Ma patrie étrangère** — Senior
par Karin König, Hanne Straube, Kamil Taylan

Oya a grandi à Francfort et s'y sent chez elle. Ses parents décident un jour de rentrer en Turquie. Cette nouvelle bouleverse Oya qui ne pourra plus faire ses études d'infirmière. Et voilà que ses parents parlent déjà de fiançailles.

337 **Une fille im-pos-sible** **Les enfants Tillerman** — Senior
par Cynthia Voigt

À onze ans, Mina vit un rêve : un stage de danse classique. À douze ans, le rêve se brise. Son corps s'est transformé trop vite, et Mina maîtrise mal ce bouleversement. Meurtrie, elle s'interroge : seule Noire du groupe, n'est-ce pas la raison de son exclusion ? Mais Mina a de la volonté. Rien ne saurait l'arrêter, même pas le caractère d'oursin d'une certaine Dicey Tillerman.

341 **Accroche-toi Faustine** **Senior**

par Philippe Barbeau

À la suite d'une angine, Faustine apprend que ses reins ne fonctionneront plus. Elle sera dialysée. Les mois passent, Faustine supporte mal le traitement. Il faut envisager une greffe, l'attente est longue. Par chance, avec des amis elle fonde un groupe de rock. La vie reprend quelques couleurs.

346 **Le trésor de Grand-Pa** **Junior**

par Annie Murat

Le grand-père de Stéphane ne cesse de répéter qu'il possède un trésor si bien gardé que personne ne peut le lui voler. Mais Grand-Pa est malade. Stéphane et son amie Maruschka aperçoivent que quelqu'un a pénétré dans le chalet abritant les ruches. Maruschka décide alors de tendre un piège au voleur.

347 **Ouf ! pas de vacances cette année** **Junior**

par François Schoeser

Manu ne partira pas en vacances cet été. Tant mieux ! Car les parents sont adeptes des longues randonnées et des visites de musées interminables. M. Martin, un nouveau voisin, se présente comme un officier de renseignement en retraite, un ex-espion en somme. Suivant ses conseils éclairés, Manu va mener des enquêtes. Voilà qui promet un été passionnant.

353 **Samira des Quatre-Routes** **Junior**

par Jeanne Benameur

Samira, treize ans, habite dans la banlieue parisienne. Chez elle, tout le monde ne pense plus qu'au mariage de sa sœur de dix-huit ans. Samira ne comprend pas bien ce choix, elle qui veut poursuivre des études. Samira se sent déchirée, comment vivre sa vie sans trahir les siens ?

354 **Sundara, fille du Mékong** **Senior**

par Linda Crew

À treize ans, Sundara quitte le Cambodge pour échapper aux Khmers rouges. Elle laisse derrière elle les siens. Quatre ans plus tard, Sundara doit concilier sa nouvelle vie américaine, son amour pour Jonathan et les souvenirs qui l'attachent à son passé...

355 **Ce soir à la patinoire** **Senior**

par Nicholas Walker

Benjamin, quinze ans, se retrouve un peu par hasard partenaire attittré, en danse sur glace, de la pire pimbêche de sa classe. Que vont dire ses copains, eux pour qui seul le rugby est une activité virile ? Et il faut s'entraîner de plus en plus dur ! Même s'il est à couteaux tirés, ce duo ira !

362 **Sous la neige l'orchidée** **Junior**

par Patrick Vendamme

Claudia s'ennuie dans la luxueuse maison où elle est si souvent seule. Aussi son chien Mick tient-il une place importante dans sa vie. Un jour, il disparaît. En menant des recherches, Claudia rencontre un clochard bougon. Mais qui est cet homme ? Peu à peu, une complicité unit ces deux solitaires...

371 **Un cœur presque tout neuf** **Junior**

par Christine Arbogast

Christophe a un père merveilleux : il est inventeur ! Mais Papa est malade, il doit être opéré. Pendant son absence, la vie de la famille continue, et, lorsque le malade rentre avec un cœur presque tout neuf, il découvre que ses enfants ont de bonnes idées d'invention !

474 **Chipana** **Junior**

par Victor Carvajal

Dans une petite vallée de la cordillère des Andes, hommes et femmes vivent en paix avec leurs troupeaux. Chipana est berger des lamas, écolier et grand ami de don Maximo, astronome original. Un jour, des étrangers arrivent pour acheter les plus beaux lamas. Inquiet de voir le village perdre ainsi son âme, Chipana part avec le troupeau sur le plus haut des sommets.

476 **Dicey risque tout** **Senior**

par Cynthia Voigt

Construire des bateaux... Dicey Tillerman en rêvait depuis les bancs du collège. À présent, elle se lance. Ce sera dur ? Dicey est prête, la ténacité n'est pas ce qui lui manque. Mais la ténacité suffit-elle ? Dicey se bat et serre les dents, au point de délaisser tout ceux qu'elle aime...

477 **Les métamorphoses de Batine** **Senior**

par Andrée Chedid

Six nouvelles, tour à tour tragiques ou drôles, toujours émouvantes. Du vieil homme riche dont le seul complice est son âne, de l'ermite qui a choisi la mer comme univers, au truculent Batine... Tous les personnages d'Andrée Chedid sont porteurs d'un message de fraternité et d'amour.

479 **Un sprint pour Marie** **Senior**

par Philippe Barbeau

Fabien, le Tourangeau, arrive à La Ferté où son père a été muté. Arnaud, un camarade de sa classe de troisième, lui communique sa passion pour la course cycliste. Arnaud et Fabien, liés par l'amour du vélo, s'entraînent ensemble, mais lorsque la saison des courses arrive, les voici rivaux. Rivaux aussi en amour, qui des deux gagnera le cœur de la belle Marie au regard vert ?

504 **La fin d'un été** **Senior**
par Marie-Sophie Vermot

Guillaume a annulé au dernier moment son camp de voile, pour rejoindre sa grand-mère très malade. Alice, la tendre grand-mère, est bien malade, ses jours sont comptés, elle a exprimé le désir que son petit-fils préféré passe quelques jours auprès d'elle. Guillaume et Alice vont retrouver une complicité intacte, le goût de rire ensemble, pour ce dernier été.

511 **Vers la ville d'argent** **Senior**
par Gloria Wheelan

Mai a treize ans, elle doit quitter son village avec sa famille, fuir les soldats, tout laisser derrière elle... Le voyage sera long, périlleuse la traversée sur un bateau de fortune, et la ville d'argent - Hong Kong - n'est pas le havre de paix et de prospérité tant attendu. Il faut attendre dans un camp de longs mois avant de s'envoler vers un pays d'accueil. Malgré cela, la vie continue pour Mai et les siens, faite de joies, de peines, de rencontres aussi. Mai garde au fond du cœur l'espérance d'une vie meilleure.

513 **Laetitia de Trinidad** **Senior**
par Merle Hodge

Pour Laetitia, qui appartient à la communauté noire rurale de Trinidad, entrer au collège est un triomphe. Elle est la première de sa famille à poursuivre des études secondaires ! La ville est loin, et, pour éviter de longs trajets quotidiens, Laetitia va vivre chez son père qu'elle connaît à peine. Au collège, Laetitia se lie d'amitié avec Anjanee, d'origine indienne. Mais leur destin sera bien différent...

Castor Poche Connaissances

Une nouvelle série
à partir de 8/9 ans.

Castor Poche Connaissances
Des petits « poches » à lire d'un trait
ou à prendre et à reprendre.
Des textes pour stimuler la curiosité,
pour susciter l'envie d'en savoir plus.

Castor Poche Connaissances
En termes simples et précis,
des réponses à vos curiosités, à vos interrogations.
Des textes de sensibilisation
sur des notions essentielles.
Les premières clés d'un savoir.
Des sujets variés.
Le sérieux de l'information
allié à la légèreté de l'humour.
Un ton alerte et vivant.

Dans chaque ouvrage,
un sommaire et un index détaillés permettent
de se référer rapidement à un point précis.

C1 Bon pied, bon œil ! (Junior)

Notre santé

par Lesley Newson

Quels sont les moyens de défense et de reconstruction de notre organisme ? Que se passe-t-il à l'intérieur de notre corps lorsque nous avons la varicelle ? Ce guide concis et vivant nous permet d'en savoir plus sur les microbes, les virus, les bactéries et... sur nous-mêmes.

C2 Comme un sou neuf ! (Junior)

La bataille contre la saleté

par Lesley Newson

Qu'est-ce que la saleté ? Comment agissent le savon, les détergents ? Une approche, à la fois scientifique et vivante des questions d'hygiène, qui nous informe avec précision et humour, et nous aide à combattre la saleté sur notre corps, sur nos vêtements, dans nos maisons et dans nos villes.

C3 La marche des millénaires (Senior)

A l'écoute de l'Histoire

par Isaac Asimov & Frank White

Parce qu'il traîte autant des modes de vie et de l'évolution des techniques que des faits dits historiques, ce livre transforme le domaine parfois rebutant de l'Histoire en une matière vivante et attrayante. Les connaissances historiques sont mises en relation avec les grandes préoccupations d'aujourd'hui, et deviennent du coup captivantes.

C4 Sale temps pour un dinosaure ! (Junior)

Les caprices de la météo

par Barbara Seuling

Comment se forme un grêlon ? En quoi une tornade diffère d'un cyclone ? Quelle est la température la plus chaude jamais enregistrée sur terre ? Qu'est-ce que la foudre ? Mille informations sur le temps et la météorologie sont regroupées dans ce petit livre, qui dissipent les interrogations et ... éclaircissent notre ciel !

Cet
ouvrage,
le quatre cent
cinquième
de la collection
CASTOR POCHE,
a été achevé d'imprimer
sur les presses de l'imprimerie
G. Canale & C. S.p.A.
Borgaro T.se - Turin
en février
1996

Dépôt légal : avril 1993.
N° d'Édition : 2273. Imprimé en Italie.
ISBN : 2-08-162273-4
ISSN : 0763-4544
Loi n° 49-956 du 16 juillet 1949
sur les publications destinées à la jeunesse